AF191636

Christian Bedor
Beichtgang

Christian Bedor
Beichtgang

Fiktive
Autobiografie
eines katholischen
Hauptlehrersohns

Foto-Text-Statt®

Bibliografische Information Der Deutschen Bibliothek
Die Deutsche Bibliothek verzeichnet diese Publikation in der
Deutschen Nationalbibliografie; detaillierte bibliografische Daten
sind im Internet über http://dnb.ddb.de abrufbar
ISBN 3-8311-4397-8

® Foto-Text-Statt, das Foto-Text-Statt-Logo und
   Müll-Zeit-Lose sind eingetragene Marken.

Umschlagfoto, Satz und Layout: Christian Bedor
Herstellung: Books on Demand GmbH, Norderstedt

Für Ewa

INHALT

Anfänge

Es war Karfreitag 19:15 Uhr in der Dienstwohnung. Meine 36-jährige Mutter lag auf der Wohnzimmercouch, als ich Ende der 50er Jahre im ersten Stock der bruchsteinernen Dorfschule Kleinenbachs geboren wurde. Der einzige Dorfarzt und die Hebamme halfen dabei. Mein zwei Jahre älterer Vater spielte zur selben Zeit Orgel in der Kirche, die nur einen Steinwurf weit entfernt lag. Er übte für die Ostermessen.

Nach der Probe kam er nach Hause und nahm an, ich sei noch nicht geboren, denn das Bettzeug stülpte sich genauso auf wie am Nachmittag, als er uns verließ.

»Wann ist es denn soweit?«, fragte er.

»Dahinten liegt Thomas«, antwortete meine Mutter.

Ich lag in einem Babybett ihres Schlafzimmers. Vier Finger der linken Hand hatte ich im Mund und nuckelte daran. Es war dunkel. Geräusche drangen an meine Ohrmuscheln. Doch das beschäftigte mich nicht.

Meine Mutter gab mir nie die Brust. Meine 5-jährige Schwester Marlene war die letzte, die in den Genuss dessen kam. Leider zerkaute sie dabei die Brustwarzen so, dass mir diese Zärtlichkeit für immer versagt blieb.

An ein Babyfoto kann ich mich nicht entsinnen, jedoch daran, dass sich mein 7-jähriger Bruder Clemens vor meiner Geburt für ein weiteres Brüderchen einsetzte – wie er mir später erzählte. Er ließ sich deshalb im Kinderzimmer auf eine Kissenschlacht mit meinen beiden Schwestern ein, die sich ein Mädchen wünschten.

Bei der Taufe hatte ich zum ersten Mal Kontakt mit Pfarrer Seedorn, der mir aber für die darauf folgenden

Jahre nicht in Erinnerung blieb.

Die schullose Zeit verlief ohne Zwischenfälle. Bis auf Kinderkrankheiten. Mein ein Jahr jüngerer Freund Peter bat mich eines Nachmittags darum, ihm nicht zu nahe zu kommen. Was ich daraufhin vermied. Wir standen uns etwa sechs Meter gegenüber und ich lag am folgenden Tag mit Windpocken im Bett.

Peter war der Sohn der Reinemachefrau der Schule. Er trug meistens Kniebundhosen aus hellbraunem Leder. Dazu Pullover. Im Sommer kurze Lederhosen. Mit Hemd. Meistens robuste geschlossene Halbschuhe, die seitlich geschnürt waren. Peter hatte ein rundes Gesicht, eine feine Physiognomie. Er war brav und hatte nichts Schlitzoriges – genau wie ich. Allerdings trug er einen Igelhaarschnitt. Wir spielten gern zusammen.

Am frühen Nachmittag war der Himmel bedeckt, etwas trübe. Wie es zum Ausklang des Winters manchmal ist. Ich spielte allein an einer Pfütze vor der Schule, zog mit dem Gummistiefelabsatz Verbindungskanäle zum nächstkleineren Teich, dachte an Peter und schaute tagträumend dem langsam fließenden Wasser zu. Ich war beschäftigt. Nur gut, dass es zuvor geregnet hatte. Meine Mutter hatte mir am Morgen gesagt, ich solle mich nicht vom Haus entfernen, denn es kämen Ärzte und andere Leute. Es ginge um die Einschulung. Weder um solche Untersuchungen noch um den Termin machte meine Mutter großes Aufheben. Kurz und knapp wurde ich darauf hingewiesen.

Ich wunderte mich darüber, dass kein weiteres Kind an den Pfützen mitspielte. So gerne hätte ich Gesellschaft gehabt. Meine 15-jährige Schwester Veronika stand immer früh auf, um mit einem Bus zur Nonnenschule zu fahren. Meine beiden anderen Geschwister saßen jetzt im Unterricht.

Peter hatte keine Zeit, weil sein Vater gestorben war. Er war Holzfäller gewesen. Man sah ihn selten im Dorf. Ich sah ihn nur manchmal, wenn ich Peter am Dorfhang besuchte. Mühlenhofs hatten ein eigenes Haus. Neu gebaut. Mit Balkon. Und weißen Hauswänden. Es roch alles neu darin und es bildete das Schlusshaus in einer Sackgasse, die den Berg hinaufführte. Dort war ein kleiner Wendeplatz für Autos. Zu Fuß konnte man über einen schmalen Treppenpfad am Steilhang zum Haus gelangen.

Ich spielte in den Pfützen und schaute mir die Kringel an, die jetzt vereinzelt von Regentropfen auf der Wasseroberfläche gebildet wurden. Peters Mutter hatte meiner Mutter erzählt, dass ihr Mann eine Zeit lang im Haus aufgebahrt wurde. Eine Nachbarin hielt seinerzeit Totenwache. Als ein Gewitter hereinbrach, schrie sie: »Frau, Frau, der ist ja ganz blau!«

Mich erschrak, dass Peters Vater gestorben war, denn ich dachte immer, Väter mit jungen Kindern könnten nicht sterben. Ich dachte weiter, sie dürften erst sterben, wenn ihre Kinder erwachsen seien.

Zudem hatte ich noch nie eine Leiche gesehen. Ich konnte mir nicht erklären, warum ein Toter bei Gewitter blau wird. Traf das auch auf die Toten in den Gräbern zu? Die Vorstellung machte mir große Angst und ich mied den Kontakt mit Peter mehrere Tage lang.

Meine Mutter erschien am Fenster und rief mich zu sich ins Haus. Es sei Zeit und ich solle kommen, zumal

11

ich mich waschen und umziehen müsse.

Ich bedauerte dies, blickte dann wieder zu meiner Pfütze, steckte beide Hände in die Taschen und ging in die Schule. Im Bad zog ich mich aus, wusch mich und bekam frische Kleidung von meiner Mutter.

Dann betraten wir im Parterre einen Klassenraum, der jetzt als Untersuchungszimmer eingerichtet war. Die meisten Stühle und Tische standen an den Wänden.

Außer ein paar Erwachsenen in weißen Kitteln waren hier viele Kinder mit ihren Müttern. Darunter einige Väter. Manche Kinder kannte ich vom Sehen, doch viele waren mir unbekannt. Das war nicht verwunderlich, denn einen Kindergarten besuchte ich nicht, in dem ich weitere Freunde hätte finden können. Meine Eltern hielten den kirchlichen Kindergarten für ungeeignet. Wegen der Nonnen.

»Thomas Lehr, bitte hierher!«, rief eine Krankenschwester, die neben einem Arzt stand.

Die Untersuchung vollzog sich schnell. Auskleiden – bis auf die Unterhose – messen, wiegen, mit dem rechten Arm über den Kopf greifen und mit den Fingern die linke Ohrmuschel berühren. Die Zähne wurden begutachtet, der linke Oberarm angeritzt. Anschließend half mir meine Mutter beim Anziehen.

Der erste Schultag verlief nicht aufregend. Eine Schultüte gab es für mich nicht. Meine Eltern hielten sie für überflüssig. Einige Kinder hatten Schultüten. An ein Einschulungsfoto kann ich mich nicht erinnern.

Unsere Klasse bestand aus zwei Jahrgängen. Vorne saßen die I-Männchen und dahinter die ehemaligen I-

Männchen. Unsere Lehrerin hieß Grewen. Sie war schlank, brünett, mit einem leichten Silberblick. Ich verliebte mich nach einiger Zeit in sie. Die junge katholische Lehrerin musste beide Klassen gleichzeitig unterrichten. Es war ihre erste Lehrerinnenstelle nach dem Referendariat. Fräulein Grewen war etwa 23 Jahre alt.

Unruhe entstand häufig im Klassenraum, doch mit ihrem strengen Blick hat sie sie gleich unterbunden. Ich empfand es als störend, in dieser Klasse zu sitzen mit den älteren Besserwissern im Nacken. Deswegen meldete ich mich nicht. Ich fühlte mich unwohl, denn mir schien es, als wüssten die Zweitklässler jede Antwort auf Fragen an die erste Klasse. Dieser Gedanke schüchterte mich ein.

An einem Tag genoss ich es, länger schlafen zu können und mit meinen *Matchbox*-Autos zu spielen. Meine Mutter war da und wunderte sich anfangs, dass ich am Morgen so viel Zeit hatte.

Gegen zehn Uhr betrat ich das leere Klassenzimmer und sah Hefte und Bleistifte auf den Tischen. Die Tornister standen neben den Bänken. Meine Mitschüler mussten früher gekommen sein. Ich ging nach draußen.

»Bist du krank?«, fragte mein Mitschüler Tobias, den ich als Ersten auf dem Schulhof während der Pause traf. Er war der Sohn einer besser gestellten Familie und sehr abgebrüht. Ihm machte es nichts aus, zu lügen, oder ein Kaugummi zu klauen.

So im Vorbeigehen.

Tobias war zierlich, mit schmalem Gesicht. Mich beeindruckte, wie er sich beim Sport katzengleich bewegte.

Deswegen war er von nun an mein bester Freund und ich spielte künftig lieber mit ihm als mit Peter.

»Nein, ich bin nicht krank!«, erwiderte ich.

»Wieso fragst du ...?«

»Wir sind seit halb acht hier!«

Mir wurde mulmig. Ich war noch nie zu spät gekommen und hatte gedacht, dass der Unterricht heute um zehn begänne. Was würde Fräulein Grewen tun?

Mit zitternden Knien betrat ich das Klassenzimmer. Sofort, nachdem es im Raum ruhig geworden war, stellte sie mich zur Rede. Ich wusste nichts auf ihre Fragen zu erwidern. Was sollte ich auch sagen? Dass ich mich geirrt hatte? Das verbot mir mein Schamgefühl.

»Du wirst heute nachmittag nachsitzen«, sagte sie. »Zwei Stunden.«

Mein Herz pochte mir im Hals.

Mit einer so drastischen Strafe hatte ich nicht gerechnet. Was würde meine Mutter dazu sagen, die mal Lehrerin gewesen war? Und erst mein Vater?

Es ist scheußlich, so bloßgestellt öffentlich bestraft zu werden und sich aus Ohnmacht und Schuld nicht verteidigen zu können. Meinem Freund Tobias wäre in diesem Augenblick bestimmt eine plausible Erklärung eingefallen. Wahrscheinlich hätte er gelogen und wäre dadurch aus dem Schneider gewesen. Vielleicht hätte er etwas von Bauchschmerzen erzählt. Oder von einem Eichhörnchen, dass im Wohnzimmer umhergesaust wäre und er es hätte einfangen müssen. Seine Familie und er wohnten in einem eigenen, großen Haus am Waldrand. Es wäre nicht ungewöhnlich gewesen, wenn sich ein neugieriges Eichhörnchen auf den Balkon verirrt hätte. Ob Lüge oder Wahrheit. Niemand könnte es nachprüfen. Tobias wäre nicht der Atem gestockt. Er hätte einen Ausweg gewusst und wäre unbescholten davongekommen.

So saß ich, nachdem ich meiner Mutter beim Mittagessen das Missgeschick gebeichtet hatte, und sie darüber sehr erzürnt war, in einer Mädchenklasse. Es war eine höhere Klasse, die am Nachmittag Handarbeitsunterricht bei Fräulein Grewen hatte. Häkeln, Stricken, Nähen. Ich saß im hinteren Teil des Raums, bekam Rechenaufgaben und quälte mich damit herum. Zu diesem Zeitpunkt schwor ich mir, nie wieder die Unterrichtszeiten zu vergessen.

Welch eine Demütigung. Die Aufgaben strengten mich an. Doch die Mädchen mit ihrem Strickzeug waren freundlich zu mir. Es war eine willkommene Abwechslung für sie, einen Jungen aus einer der unteren Klassen bei sich zu haben. Sie staunten über meine Anwesenheit und ein Mädchen fragte mich leise, warum ich nachsitzen müsse.

Als Fräulein Grewen sich einigen Schülerinnen in der vorderen Bankreihe zuwandte, um ihnen mehr von der Kunst des Strickens zu zeigen, half mir ein anderes Mädchen, das in meiner Nähe saß, bei einer Lösung. Das war bei Strafe verboten. Ich stand große Angst aus. Wahrscheinlich würde ich eine weitere Strafe bekommen – und die Helferin auch! Wie sollte ich dem Mädchen das klar machen?

Aber zum Glück wurden wir nicht erwischt.

Tretroller

An diesem sonnigen Sommernachmittag parkte unser *Llyod 400* parallel zur steinernen Freitreppe. Er hatte sogar ein Faltschiebedach. Dunkelblau war er und so abgestellt, dass ein Erwachsener zwischen ihm und der Treppe hindurchgehen konnte. Mein Vater, der als Einziger aus der Familie einen Führerschein besaß, musste offenbar noch mal weg. Sonst hätte er den Wagen in den umgebauten Schweinestall gestellt.

Mit dem Tretroller, der meinem Bruder Clemens gehörte, aufblasbare Reifen und keine Vollgummireifen hatte, fuhr ich vor der Treppe und der Baumreihe hin und her.

Manchmal schlängelte ich mich zwischen den Bäumen durch oder fuhr hinter das Gebäude, wo der Schulhof umzäunt war. Hier gab es einen großen Sägemehlkasten, der im Sportunterricht benutzt wurde, damit Schulkinder Springen lernen konnten. Wenn kein Unterricht war, spielten manchmal kleine Kinder in diesem Kasten. Ab und zu kamen auch Ältere und spielten Schlagball.

Dann war der Sägemehlkasten ihr Mal.

An diesem Nachmittag war niemand auf dem Platz. In kurzer Hose und einem Sommerhemd fuhr ich gedankenverloren darüber und steuerte wieder zurück vor die Schule, um zu sehen, ob mein Vater gekommen sei. Aber ich sah ihn nicht. Hin und wieder fuhr ich mit dem Roller zwischen Auto und Treppe hindurch und erinnerte mich an Fahrten, die wir als Familie mit dem Auto unternommen hatten. Da für mich auf dem Rücksitz kein Platz mehr war, wurde eine *Dixan*-Tonne hinter den

Beifahrersitz gestellt, auf der ich sitzen konnte. Mein Vater rauchte meistens während der Fahrt. *Stuyvesant.* Für Augenblicke schien es mir, als entfalte sich das Aroma seiner Zigaretten, die ich manchmal am Automaten für ihn zog, in meiner Nase. Ich sehnte mich nach ihm und es wäre schön gewesen, wenn er gekommen wäre. Aber ich wusste nicht, wo er war und wann er zurückkam.

Während ich vorm Haus kreiste, erschien plötzlich meine Mutter im Toilettenfenster und rief: »Fahr' nicht zwischen Auto und Treppe durch, sonst machst du das Auto kaputt! Fahr' dort, wo genug Platz ist!«

Sie musste mich beobachtet haben. Vielleicht hatten wir auch ausgemacht, dass ich mich nicht zu weit von der Schule entfernen sollte.

»Ja, ja, ich passe schon auf!«, rief ich zurück.

Dann war meine Mutter wieder verschwunden. Ich schaute kurz zum Fenster und vergewisserte mich, dass sie nicht mehr guckte. Abseits des Autos fuhr ich einige Bögen, stemmte das Bein kräftiger gegen den Boden, um mehr Tempo zu bekommen und flitzte dann doch zwischen Auto und Treppe hindurch. Dabei konnte ich beide Füße auf die Tretrollerfläche stellen.

Aufgrund des ausreichenden Tempos gab mir der Roller eine Zeit lang das Gefühl, dass ich schwerelos bin und schnell vorwärts komme, ohne auch nur einen einzigen Finger dafür zu krümmen.

Anfangs machte ich meine Schleifen beliebig, indem ich mich dem Auto mal von vorne, mal von hinten näherte. Ich fuhr Kreise, Ovale, Slalom – wozu sich die Bäume am besten eigneten.

Um den Schwierigkeitsgrad zu erhöhen, versuchte ich,

die Linkskurven nach Passieren des vorderen rechten Kotflügels immer kleiner zu machen. Das wurde mehr und mehr zu einem Balanceakt. Einerseits brauchte ich genug Schwung, um während der Durchfahrt den Boden nicht mit den Füßen zu berühren, andererseits durfte ich nicht zu viel Fahrt haben, um nicht aus der Kurve getragen zu werden.

Zwar konnte ich mit dem Roller bremsen, doch hätte ich das Manöver ausbalancieren müssen. Erstens hatte der Roller aus Altersgründen weder ein hinteres noch ein vorderes Schutzblech – an denen sich die Bremsen befanden – und zweitens hätte ich während der Durchfahrt den rechten Fuß zum Bremsen nicht nach hinten stellen können: man verliert die schwungvolle Balance dabei und könnte ins Trudeln kommen.

Also musste ich meinen Lenkkünsten vertrauen. Mehrere Fahrten gelangen, bis ich auf einmal in der abschließenden Kurve auf dem geschotterten Untergrund wegrutschte. Ich stürzte, schlug auf die Knie und stellte kurz darauf fest, dass meine rechte Hand stark blutete. Beide Knie waren aufgeschürft.

Vor Schreck und Schmerz schrie ich auf und fing an zu weinen. Meine Mutter musste das gehört haben.

Sie schaute aus dem Fenster, sah meine stark blutende Hand und kam unverzüglich herunter.

Erst sagte sie, ein Pflaster würde genügen. Nachdem wir jedoch oben angekommen waren und sie mich notdürftig mit Mull verbunden hatte, entschied sie schnell, mit mir zu Dr. Bergmann zu gehen, der seine Praxis im eigenen Haus hatte.

Wir nahmen den schmalen Weg Richtung Kirche und mussten bei ihm privat klingeln, denn die Sprechstunde begann erst später. Meine Hand verband er, gab mir eine Tetanusspritze in den Oberschenkel und entschied, dass wir nach Kürstadt ins Krankenhaus fahren müssten.

Mein Vater solle uns hinbringen.

Meine Mutter und ich gingen eilig nach Hause. Wo mein Vater plötzlich herkam, wusste ich nicht. In der Schule gab es kein Telefon. Er sagte, er sei bei Fräulein Grewen gewesen – die am Dorfrand wohnte – und er habe mit ihr über ihre Prüfungsvorbereitungen gesprochen. Mein Vater war ihr Mentor.

Wir drei fuhren im *Lloyd* nach Kürstadt. Die Wunde brannte und tat sehr weh. Ich weinte vor Schmerzen. Jetzt kam auch noch Blut durch den Mull. Das machte mir Angst. Im Krankenhaus angekommen, schaute der Arzt kurz unter den Verband und murmelte etwas von einer Operation: Die Sehne des rechten Ringfingers war mir durch den Sturz durchtrennt worden, weil der Roller keine Lenkergriffe mehr hatte. Die Gummigriffe waren durch das ständige Rollerhinwerfen kaputt gegangen. Dadurch hatten sich die Überreste nach innen schieben können und gaben die scharfen Rohrenden des Lenkers frei. Am rechten Rohrende hatte ich mich verletzt. Ich brüllte noch mehr im Krankenhaus. Mehrere Männer und eine Schwester in weißen, langen Kitteln kamen zu mir und wollten mich in den Operationsraum schleifen. Ein Raum, den ich noch nie zuvor gesehen hatte. Mit einer großen runden Lampe an der Decke, die mehrere Scheinwerfer trug. An der darunter befindlichen Liege waren seitlich Lederriemen befestigt. Das nahm ich nur oberflächlich wahr.

Ich schrie und stemmte mich gegen das Gezerre der Ärzte, die augenfällig Mühe mit mir hatten.

19

Ein Arzt redete auf meine Eltern ein, sie sollten mit mir sprechen und mir sagen, dass bald alles vorüber sei.

Je weniger ich mich dagegen stellen würde, desto eher könnte ich operiert werden und wieder nach Hause fahren.

Doch das half nichts. Ich schrie weiter.

Dann hoben mich starke Arme auf die Liege, drückten mich herunter und fingen damit an, mich mit den braunen Lederriemen festzuschnallen. Ich zappelte und strampelte, selbst als sie mich schon so fest angebunden hatten, dass ich spürte, nicht mehr von diesem Tisch fliehen zu können. Meine Eltern verließen den Operationssaal. Ich weiß nicht mehr, ob ich sie noch um Hilfe bat, oder ob sie mein Geschrei nicht mehr ertragen konnten.

Dann drückte mir jemand einen topfförmigen Apparat aufs Gesicht, wobei ich den Kopf, der nicht festgeschnallt war, immer hin- und herdrehte, um ihm zu entkommen. Der Druck war zu stark. Ich sah nur noch die große Operationslampe, dann ein transparentes Vlies, diesen grobgitterförmigen Apparat ...

Kurz darauf roch ich etwas Unbekanntes und jemand fing an zu zählen. Meine Kräfte verließen mich.

Als ich aufwachte, lag ich hinten im Auto und hörte Motorgeräusche. Wir fuhren. Ich hob meinen rechten Arm hoch und sah eine riesige Bandage an der Hand. Es war die Hand, an der ich immer Daumen lutschte. Jetzt hatten mir die Ärzte einen so großen Verband gemacht, dass ich meinen Daumen dazu nicht mehr benutzen konnte. Dabei war nur der Ringfinger verletzt. Warum hatten die Ärzte auch den Daumen verbunden? Sollten die Chirurgen während der Narkose etwas von meinen

Eltern erfahren haben? Sie wollten mir schon seit langer Zeit das Lutschen abgewöhnen. Seit ich denken kann, lutschte ich gern am Daumen und vermisste es nun sehr.

Trotzdem wollte ich jetzt am Lieblingsdaumen lutschen, aber das ging nicht, weil die ganze Hand umwickelt war.

Ich roch an ihr und fing an zu weinen, weil sie so stank. Daraufhin lutschte ich am linken Daumen, der nicht so gut schmeckte. Außerdem war er nicht sauber. Mein rechter Daumen war stets sauber. Selbst wenn ich im Sägemehlkasten gespielt hatte, war der obere Teil des Daumens immer blitzblank.

Oft hatte ich einen Schmutzkranz an der Daumenwurzel. Aber das störte mich nicht. Hauptsache ich konnte Daumenlutschen.

Es war mein Vater, der einen Tag nach meinem Unfall sagte: »Na, hoffentlich hörst du jetzt endlich auf mit Daumenlutschen. Das wäre eine gute Gelegenheit, solange der Verband dran ist.«

Nachdem der Verband entfernt war, lutschte ich erneut am rechten Daumen.

Mein Bruder

Clemens und ich, inzwischen acht Jahre alt, hatten ein gemeinsames Zimmer, das von der Küche aus erreichbar war. Jeder ein Bett. Auf meiner Bettseite stand ein großer, weißer Kleiderschrank, in dem unsere Anziehsachen und Bettwäsche untergebracht waren. In der

Ecke – neben seinem Bett – war ein vierbeiniger, rechteckiger Tisch, mit einer gehäkelten Decke darauf. Es war der Schularbeitstisch meines Bruders, auf dem ein *Grundig*-Röhrenradio stand. Abends empfing es für Clemens auf Mittelwelle englische Hits von *Radio Luxemburg*. Das hörte sich stets verrauscht an. Manchmal musste man den Sender neu anpeilen, um ihn besser zu empfangen. Mein Bruder erklärte mir, dass man *Radio Luxemburg* nicht auf *UKW* hören könne, denn der Sender befände sich im weit entfernten Ausland.

Für die englischen Hits käme man nicht drumherum, den *MW*-Knopf zu drücken. Bei diesem Radio musste ich glücklicherweise nicht lange am Knopf drehen, denn es hatte zwei Skalen und zwei rote Sendesuchmarkierungen. So konnte man auf *UKW* und auf *MW* seinen Stammsender immer eingestellt lassen.

Radio Tele Luxemburg mit *Camillo Felgen* und seiner *Novesia Goldnuß*-Werbung. Aufgrund des Rauschens schien es mir, als befände sich *Camillo* irgendwo im Weltraum. Außerdem dachte ich immer, der Moderator habe was mit Reifen zu tun. Die Songs verstand ich nicht. Sie wirkten wegen der andersartigen Sprache auf mich befremdend.

Es war ein Radio mit einem magischen, grünen Auge. Seine Veränderungen zeigten an, ob ein Sender klar empfangen wurde. Im Idealfall bildeten die dunkelgrünen Flächen ein schmales Kreuz und gaben hellgrüne Felder frei.

Das war für mich faszinierend.

Ich verbrachte Minuten damit, vor dem Tisch auf einem Stuhl zu knien – bei sehr leise eingestellter Lautstärke – am Senderknopf zu drehen und die Bewegungen dieses magischen Auges zu beobachten. Dabei konnte ich mich verlieren und träumen.

Links neben dem Radio stand eine hölzerne Tischlampe mit einem Lampenschirm aus transparenten Folienschichten und Gräsern. Aus der Entfernung wirkten die Gräser wie aufgemalt. Brannte die Glühbirne und war man dicht an der Lampe, schienen sie objekthaft: gleichermaßen natürlich und unecht. Aber das Auge täuschte den Geist nicht. Die Gräser hatten einmal gelebt. Sie sind getrocknet worden und irgendjemand hatte sie für diesen Lampenschirm vorgesehen, in dem sie gewissermaßen weiterleben.

Es gab Abende, an denen ich früher als sonst zu Bett ging, oder gehen musste. An einem Abend saß mein Bruder noch an seinem Arbeitstisch und lernte. Irgendein Buch lag dort aufgeschlagen, daneben ein Heft, Stifte zum Schreiben oder Zeichnen. Die Tischlampe brannte und das Radio spielte.

Mein Bruder hatte das Zimmer verlassen und ich stand auf, nur um zu sehen, was er dort lernte. Ich versuchte, in dem geöffneten Buch zu lesen, aber es standen keine deutschen Wörter darin. So legte ich mich wieder ins Bett.

Mein Bruder kam zurück und setzte sich wieder hin. Mir mit seinem Rücken zugewandt.

Er lernte und ich glaube, es war sehr anstrengend für ihn.

Nach einiger Zeit war er fertig, zog seinen Schlafanzug an und legte sich auch ins Bett.

Dann fragte er, ob wir mit den Taschenlampenstrahlen spielen: Das Zimmer ist stockdunkel, jeder hat eine Taschenlampe. Einer fängt an und schaltet seine Taschenlampe ein, wobei er den Strahl auf Wand oder Decke lenkt. Der Gegenspieler richtet dann seine ausgeschaltete Taschenlampe auf den Lichtpunkt aus und wenn er glaubt, mit diesem Punkt in Deckung zu sein, schaltet er seine Lampe ein. Wenn er trifft, hat er gewonnen. Trifft er nicht, ist der erste Spieler erneut am Zug. Er sucht sich dann eine neue Stelle im Zimmer aus.

Wir spielten auch die zweite Variante: Beide Spieler haben ihre Lampen eingeschaltet und jagen ihre Lichtpunkte an der Decke. Derjenige, der den anderen zuerst erwischt, hat gewonnen.

Danach schliefen wir ein. Geräusche in der Küche machten mich wach. Es war noch dunkel. Mein Bruder atmete ruhig. Ihn hatten die Stimmen nicht geweckt. Wie durch Watte hörte ich, was im Nebenraum gesprochen wurde.

»Warum ist Vater noch nicht da?«, fragte Veronika.

»Er muss noch was mit Fräulein Grewen für die Schule besprechen«, antwortete meine Mutter.

»Das macht er aber häufig«, erwiderte sie »und meistens abends. Was gibt es denn so oft zu tun?«, setzte meine Schwester nach.

»Psst! Nicht so laut! Du weckst deine Geschwister auf! Fräulein Grewen bereitet sich mit Vater auf eine weitere Prüfung vor, die sie bald ablegen muss.«

»Vorgestern Abend habe ich vor Fräulein Grewens Haus gesehen, wie sie sich umarmt haben – gehört das auch zur Prüfungsvorbereitung?«, fragte Veronika.

Stille. Ich stand auf und ging leise zur Tür.

Legte mein Ohr daran.

»Vater hat sich in Fräulein Grewen verliebt, nicht wahr?«, fragte Veronika. »Deswegen ist er seltener mit uns zusammen.« – Schweigen.

»Ach, wo denkst du hin?«, sagte meine Mutter, »außerdem wird es Zeit für dich, schlafen zu gehen, es ist schon spät. Gute Nacht.«

Es war wieder still in der Küche.

Vater und Fräulein Grewen?

Das verstand ich nicht. Zwar stimmte es, dass er selten zu Hause war, aber er sagte oft, dass er abends verschiedene Treffen habe. Lehrerfortbildung, Jugendarbeit, Kirchenchor und Doppelkopfabende mit einflussreichen Männern aus Kleinenbach.

Ich wollte nicht glauben, dass mein Vater sich ausgerechnet in meine Klassenlehrerin verliebt hatte, in die ich auch verliebt war. Überdies machte mich traurig, dass er sich von uns abkehrte.

Erst wollte ich meinen Bruder wecken, um ihn zu fragen, ob das stimmen könne. Doch ich tat es nicht. In dieser Nacht schlief ich nicht mehr ein.

Die Taschenlampe

Orgelbauer waren in der Dorfkirche. Ich wusste nicht, was das für ein Beruf ist. Mein Vater nahm mich mit und zeigte mir, was sie machten. Ich wollte ihn erst fragen, ob er bei Fräulein Grewen gewesen war. Aber ich traute mich nicht. Außerdem glaubte ich meinem Vater das, was er über seine beruflichen Tätigkeiten erzählte.

Veronika hatte bestimmt einen anderen Mann gesehen.

Die Verkleidung der Orgel war abmontiert. Innen brannte Licht, zwei Männer in Monteuranzügen stellten Töne ein. Ich wunderte mich, dass sie im Gotteshaus arbeiteten und dabei Krach machten. War das erlaubt? Wenn ich eine Kirche betrat, musste ich immer leise sein und durfte – wenn überhaupt – nur flüstern.

Der dicke Hebel der Fußpumpe stand auf der unteren Position. Vor Wochen musste ich ihn betätigen, weil der elektrische Gebläsemotor für den Luftbalg kaputt war. Ein Organist kann dann nicht spielen, weil die Pfeifen nicht mit Luft versorgt werden.

Mein Vater hatte mich damals zur Morgenmesse mitgenommen. Ich wusste nicht genau, was ich tun sollte. Er zeigte mir den breiten Holzhebel und machte mir – ehe die Messe begann – vor, wie er ihn mit dem Fuß mehrmals heruntertrat und dadurch Luft in den Balg pumpte. Die Arbeit sah schwer aus. Als ich es mit dem Fuß versuchte, scheiterte ich. Meine Beinkraft reichte dazu nicht aus. So musste ich mich mit Schwung auf den Hebel werfen, damit er sich überhaupt nach unten bewegte.

Mein Vater meinte, dass ich das schon schaffen würde. Ich solle – während er spielte – immer dafür sorgen, dass genug Luft im Balg sei, sonst fingen die gespielten Töne an zu zittern oder die Gläubigen hörten überhaupt keine Musik mehr. Ich musste bis auf Wandlung, Predigt und Kommunion pumpen und durfte dabei keine Geräusche machen, um den Ablauf nicht zu stören. Danach war ich sehr müde.

Die Orgelbauer benutzten flache Taschenlampen, die hell schienen und die ich zuvor noch nie gesehen hatte. Mit einer Art Knopfloch: ein Lederstück samt Scharnier, das aussah wie das Endstück sehr alter Hosenträger. Zuerst dachte ich, die Fabrikarbeiter haben etwas falsch gemacht, weil sie Hosenträgerteile an einer Taschenlampe befestigten. Ein Orgelbauer klärte mich auf. Man kann die Taschenlampe in Brusthöhe an einem Knopf der Arbeitskleidung aufhängen und hat beide Hände frei. Das machte er mir dann vor.

Ich war sehr angetan von dieser Taschenlampe, denn sie zeichnete sich durch ein weiteres Geheimnis aus: man fand nicht unmittelbar – wie bei einer normalen Stabtaschenlampe – den Schalter zum An- und Ausschalten. Mir gefiel das deshalb so gut, weil sich diese Lampe darin von anderen unterschied. Daher bat ich meinen Vater, ob er einen Orgelbauer fragen könne. Der Monteur könnte mir dann beim nächsten Mal eine neue Lampe mitbringen. Ich wollte sie von meinem Taschengeld kaufen, wenn sie nicht zu teuer wäre. Es war eine schwarze Taschenlampe mit einem großen Reflektor.

Marke *Daimon 412.*

Ein Orgelbauer sagte: »Ja«, was mich froh machte. Leider waren die Monteure nicht oft im Dorf, so dass ich monatelang sehnsüchtig auf die Lampe warten musste. Bald glaubte ich nicht mehr daran, dass ich jemals eine bekommen würde.

Im Frühjahr waren die Orgelbauer wieder da und einer von ihnen hatte sogar an die Taschenlampe gedacht. Ich freute mich sehr darüber. Meine Schulkameraden, denen ich tags darauf die Taschenlampe zeigte, suchten daran den Schalter. Viele fanden ihn nur mit meiner Hilfe, denn man schaltete sie durch Drehen des Reflektors ein.

Vormstein

In der dritten und vierten Klasse hieß meine Lehrerin Fräulein Vormstein. Eine alte Frau, die deshalb als Lehrerin arbeitete, weil es zu wenig junge Lehrer gab. Mir war rätselhaft, warum sich eine 67-Jährige mit *Fräulein* ansprechen ließ. In Anbetracht ihres Alters hätte ich sie mit *Frau* angeredet. Sie wirkte auf mich wie eine Oma. Das zeigte sie durch ihre Gehbewegungen, die denen der Film-Miss-Marple Margaret Rutherford glichen. Fräulein Vormstein war aber bei weitem nicht so charmant. Eben keine Filmdetektivin, sondern eine autoritäre Lehrerin.

Mein Bruder spielte allein auf dem Schulhof mit einem Fußball, als Fräulein Vormstein mit Taschen vom Einkaufen kam und nach Hause wollte. Durch einen dummen Zufall flog ein geschossener Ball in ihre Richtung und traf sie am Busen, der nicht klein war.

Fräulein Vormstein errötete und war außer sich. Sofort stellte sie meinen Bruder zur Rede. Anschließend beschwerte sie sich bei meiner Mutter und sagte ihr, dass Clemens ihr absichtlich den Ball an ihren Busen geschossen habe. Außerdem könne man dadurch Brustkrebs bekommen. Meine Mutter verteidigte meinen Bruder, erwähnte diesen Vorfall aber immer wieder in seinem Beisein und im Beisein anderer. Clemens schämte sich während dieser Wiederholungen, bei denen meine Mutter hämisch grinste.

Ich fragte meine Mutter, warum sich Fräulein Vormstein mit *Fräulein* anreden ließe. Ob das nur für uns Kinder gelte oder auch für andere Menschen im Dorf.

»Sie will damit zeigen, dass sie nicht verheiratet war

oder ist. Sie hat auch keine Kinder«, antwortete meine Mutter. »Sie wird von allen Menschen so angesprochen.«

Gertrud Grewen war für mich ein Fräulein, weil sie jung war. Lehrerin Vormstein war jedoch mehr als 50 Jahre älter als ich und konnte damit kein Fräulein sein. Fräuleins waren für mich höchstens 23 Jahre alt. Auf keinen Fall älter.

Die betagte Lehrerin wohnte in derselben Schule wie ich. Auf derselben Etage. Wir wohnten Tür an Tür. Es reichte nicht, ihr während des Unterrichts Respekt und Höflichkeit entgegenzubringen, sondern zu allem Übel auch während meiner Spiel- und Freizeit, denn ich begegnete ihr im Haus.

Hinzu kam, dass Fräulein Vormstein sich gelegentlich helfen ließ, wenn es darum ging, Gardinen abzuhängen oder mal schnell ein paar Eier beim Krämer zu holen.

Im Herbst hatte Fräulein Vormstein abends an unserer Tür geklingelt und meine Mutter hatte geöffnet. Sie sagte, sie habe ein komisches Rascheln unterm Bett gehört und sie brauche meine Hilfe.

Da ich ihr Schüler war, konnte ich schlecht Nein sagen. Es hätte sich bestimmt negativ auf meine Schulnoten ausgewirkt. Fräulein Vormstein sagte, sie habe vor einigen Wochen eine Mausefalle unters Bett gestellt, traue sich aber nicht, nachzusehen. Mit Mäusen hatte ich noch nie zu tun gehabt. Angst beschlich mich. Wenn nun keine Maus in der Falle war? Oder die Maus in einer Ecke unterm Bett war? Und sie mich in dem Moment überfällt, in dem ich nach der Falle gucke?

Meine Mutter sagte, ich solle Fräulein Vormstein helfen. Mir war elend zumute. Ich wollte nicht. Doch zwei

Lehrerinnen verlangten danach. Würde ich ihre Erwartungen gut erfüllen? Würde ich Noten für mein Betragen bekommen? Ich wurde observiert und bewertet.

Zögernd holte ich meine Orgelbauer-Taschenlampe, betrat nach den beiden Frauen die Nachbarwohnung, passierte das Badezimmer, dessen Tür halb offen stand und warf einen flüchtigen Blick hinein. Auf der Ablage vorm Spiegel schwamm im Wasserglas Fräulein Vormsteins Gebissprothese, die sie in der Eile vergessen haben musste. Schnell schloss die Lehrerin die Badezimmertür und wies uns den Weg ins Schlafzimmer. Außer dem Bett stand darin ein Ölofen, ein Kleiderschrank, ein Bücherregal und ein alter Sessel. Zunächst hielt ich Abstand von ihrem Schlafplatz und guckte vorsichtig im Zimmer umher.

Lauschte.

Dann legte ich mich vors Bett, die eingeschaltete Taschenlampe im Anschlag. Meine Augen folgten dem Lichtstrahl, der den staubigen Boden ableuchtete. Ich versuchte mich zu erinnern, wann ich eine lebendige Maus gesehen hatte. Ich wusste es nicht. Ich glaube, noch nie. Wie würde eine gefangene Maus aussehen? Würde sie noch in der Falle zappeln? Sich vielleicht quälen? Mich um Hilfe bitten, befreit zu werden? Was würde ich tun, wenn sie reglos geklammert wäre?

Am hinteren Fuß des Bettgestells entdeckte ich die Mausefalle. Aber keine Maus im Lichtkegel! Zum Glück. Für mich. Nicht für Fräulein Vormstein, die erwartungsvoll im Zimmer stand. »Kannst du sie sehen?«, fragte meine Mutter.

»Nein, hier ist nichts!«, antwortete ich und kroch erleichtert unterm dem Bett hervor.

Einige Tage später überprüfte Fräulein Vormstein die Hausaufgaben. Diesmal sollte eine Auswahl Kinder vor die Klasse treten und die Passage aus einem Buch vortragen, welches wir zum ersten Mal aus der Schulbücherei, die im Pfarrhaus war, ausgeliehen hatten. Für uns war diese Art der Hausaufgabe neu.

Verschiedene Kinder wurden aufgerufen. Ich saß in einer der hinteren Bankreihen. Die Lehrerin begnügte sich anfangs mit den Kindern aus den vorderen Reihen. Da ich den Inhalt des Buches, welches ich mir ausleihen musste, nur bruchstückhaft verstand, hatte ich nicht den Mut, mich vor die Klasse zu stellen und etwas nachzuerzählen.

Glücklicherweise fiel mir ein Schnürsenkeltrick ein. Da die Enden der Schnürsenkel sehr lang waren, konnte ich mit dem linken Schuh auf das Schnürsenkelende des rechten Schnürsenkels treten. Kurz darauf bewegte ich den rechten Fuß nach rechts und erreichte dadurch, dass sich die Schleife des linken Schnürsenkels öffnete. Der Einfall war genial.

In dem Moment, in dem ein Schüler mit seiner mündlichen Nacherzählung fertig war und Fräulein Vormstein Ausschau nach dem nächsten hielt, bückte ich mich gekonnt und scheinbar völlig unverhofft, um mein gepflegtes Aussehen wieder herzurichten. Mehrere Male gelang dieser Trick. Ich machte derweil so langsam, dass ich mir einen zweiten Durchgang der Prozedur nicht erlauben musste: während des Bückens unter den Tisch, lauschte ich gebannt, welches Kind als nächstes an der Reihe wäre. Ich täuschte indes ein Zubinden nur vor. Der Schnürsenkel blieb extra für die nächsten Male ungebunden.

Im Verlauf einer meiner Bindeaktionen rief Fräulein Vormstein plötzlich: »Thomas, was machst du denn da?«

Ich erschrak, denn damit hatte ich nicht gerechnet. Warum akzeptierte Fräulein Vormstein nicht, dass ich beschäftigt war und keine Zeit für eine Nacherzählung hatte? Bevor ich nach vorne kommen könnte, müsste erst mein Schnürsenkel zugebunden sein, damit ich ordentlich aussähe und nicht stolperte. Sollte sie mich durchschaut haben, oder war das reiner Zufall?

Sie sagte, ich könne das Schnürband in Ruhe zubinden und sie würde indessen einen anderen Schüler nach vorne bitten. Anschließend müsse ich so weit sein und könne vor die Klasse treten. Außerdem hätte ich Gelegenheit dazu, mich zu sammeln und könne der Klasse eine schöne Geschichte nacherzählen. Fräulein Vormstein hatte mich tatsächlich erwischt! Sie hatte meine Signale nicht so gedeutet, wie ich beabsichtigt hatte, dass sie sie deuten würde.

War Fräulein Vormstein vergesslich? Ich hatte in ihrer Wohnung nach einer Maus Ausschau gehalten und ihr geholfen. Das war ein Zusatzdienst. Sie hätte mich deswegen in Ruhe lassen müssen.

Tobias hätte bestimmt nicht vor die Klasse treten müssen. Ihm wäre ein plausiblerer Trick eingefallen.

Ich fühlte mich durchschaut und voller Scham. Natürlich. Sie konnte mich besser einschätzen. Besser als jedes andere Kind. Weil wir unter einem Dach wohnten, kannte sie mich privat. Zudem wird ihr mein Vater als ihr Vorgesetzter und Kollege gesagt haben, mich nicht im Unterricht zu schonen. Vielleicht hatte sie Angst vor seiner Autorität?

Es durchlief mich ein eiskalter Schauer. Was sollte ich

tun? Das Buch jetzt zu nehmen und schnell darin zu lesen, wäre beschämend. Die übrigen Kinder würden es als *Nicht-gemachte-Hausaufgabe* deuten. Es wäre auch ungerecht ihnen gegenüber. Sie hatten diese Chance nicht. Außerdem hätte ich bei dieser gebotenen Eile den Text nicht verstanden. Was war zu tun? Mir wurde immer unbehaglicher. Erst jetzt fiel mir ein, dass ich das Buch nicht dabei hatte. Nur noch ein paar Sekunden trennten mich von meiner Blamage. Das war schlimmer, als das Nachsitzen bei Fräulein Grewen. Schließlich war ich nun älter, in einer höheren Klasse, wusste mehr und konnte besser lesen.

Konnte ich wirklich besser lesen? Ich war zwar in der Vierten, die Kinder der unteren Klassen beneideten mich darum, doch – konnte ich wirklich das, was ich vorgab zu können? Oder war das nur eine Täuschung?

Dieses blöde Buch, das ich noch nicht einmal selbst ausgewählt hatte! Die Lehrerin hatte es für mich ausgesucht. Ich wollte kein Buch ausleihen.

Gleich im ersten Kapitel fallen Leute mit der Tür ins Haus. Wie sollte das gehen? Mit der Tür ins Haus fallen? Das verstand ich nicht. Versuchte aber, mir das bildhaft vorzustellen: da kommen Leute an ein Haus, klopfen oder klingeln. Es wird jedoch nicht geöffnet. Folglich nehmen sie Anlauf und rennen vor die Tür, mit einer solchen Kraft, dass sie mit ihr in den Hausflur fallen!? Wer sollte auf die Idee kommen, anderer Leute Türen auf diese Weise zu zerstören? Und wer sollte den Schaden bezahlen? Ist das zivilisiert, Türen so aufzumachen? Was würden die Hauseigentümer sagen?

Fragen über Fragen, auf die mir jetzt niemand eine Antwort geben konnte. Ich mochte dieses Buch nicht: es hatte einen aus blauem Papier bestehenden Schutzumschlag. Dunkelblau.

Die Seiten des Buches waren vergilbt. Zudem roch es nach diesem Staub, den Bücher, die viele Jahre standen und nicht benutzt wurden, entfalten, wenn man sie wieder öffnet.

Das Werk lag nach dem Ausleihen auf meinem Nachtschränkchen am Bett. Meine Mutter fragte, ob es ein Buch der Bücherei sei. Ich bejahte und sagte ihr, dass ich für den Unterricht darin lesen solle. Das erste Kapitel. Und davon sollten wir den Inhalt der ersten drei Seiten nacherzählen. Zusätzlich zu den anderen Hausaufgaben. Ich blickte selten in das Buch. Seine Dicke und die kleinen Druckbuchstaben hielten mich davon ab. Bisher hatten wir nicht die Aufgabe, in solch dicken Büchern zu lesen.

Mein Vornacherzähler war fertig. Fräulein Vormstein forderte mich auf. Mein Schnürsenkeltrick war kein Alibi mehr. Mit gesenktem Kopf schlurfte ich langsam nach vorne, hin und wieder schüchtern einen Blick auf die Lehrerin gerichtet, in der Hoffnung, sie würde mir die Nichtkenntnis des Inhalts vom Gesicht ablesen und durch die Aufforderung des Sich-wieder-Hinsetzens mir und sich eine Blamage vor der Klasse ersparen. Aber das geschah nicht. Sie erkannte meine Signale nicht. Ich verschränkte die Hände hinter meinem Rücken und stand gebeugt da. Stille Minuten verstrichen. Für mich schreckliche Minuten, in denen jeder auf mich schaute und wartete, dass ich endlich begänne. Ich wusste überhaupt nicht, was ich machen sollte. Ich dachte nur immer wieder zwanghaft an diesen Satz: *Mit der Tür ins Haus fallen.*

Den wiederholte mein Gedächtnis, als hätte es sonst keinerlei Überlebenschance. Als brauchte es diesen Satz, um überhaupt etwas wahrzunehmen. So sehr ich mich anstrengte, ich kam auf keinen anderen Gedanken. Mit Verzögerung stammelte ich los: »Leute fallen mit der Tür ins Haus ...«

Mir fiel immer wieder dieser eine Satz ein. Den ich als Erstes aussprach. Aber ohne einen Zusammenhang. Weder, welche Personen im Buch vorkamen, noch, was sie taten, mit wem sie redeten. Dann war wieder Stille. Ich wartete.

Fräulein Vormstein spürte meine Unsicherheit. Es war das erste Mal für mich, dass ich vor einer Klasse stand und etwas nacherzählen musste. Meine Mitschüler, die vor mir nacherzählten, konnten etwas erzählen. Sie hatten ihre Hausaufgaben gemacht und ihre Bücher verstanden.

Dann durchbrach die Lehrerin die tödliche Stille. »Was hast du noch gelesen? Woran kannst du dich erinnern?«

Ich blickte verlegen zu Boden. Als ob ich dort eine Antwort fände. Ich konnte mich nicht entsinnen. Nicht konzentrieren.

Dann erklärte Fräulein Vormstein uns Kindern den Satz. Die meisten konnten damit nichts anfangen. Das gab mir Gelegenheit, ein bisschen zu verschnaufen und mir eine plausible Entschuldigung für mein Nichtwissen auszudenken. Aber dieses zwanghafte Suchen nach einer gelogenen Entschuldigung brachte mich noch stärker in Bedrängnis. So suchte ich in diesen Sekunden nicht nur nach Bruchstücken aus dem Buch, sondern war zunehmend niedergedrückt.

Wie sollte ich unter diesem Zeitdruck eine plausible Entschuldigung finden?

Tobias hätte bestimmt gleich eine parat gehabt. Mir stieg das Blut in den Kopf, mein Gesicht schwoll an. Ich spürte seine Röte. Jetzt wäre eine Lüge sofort als Lüge durchschaubar. Ich wünschte mir, an einem anderen Ort zu sein. Weit weg von hier.

Nein, ich wollte auch nicht mehr zurück auf meinen Platz in der Bank. Welche Schmach! Welches Beobachtetwerden! Ich konnte nicht mal meine Anspannung durch Wippen mit Füßen oder Beinen, gar Fuchteln oder Klopfen mit Armen und Händen, abreagieren.

Gelähmt stand ich vor der Tafel und den Mitschülern. Nicht weit vom Pult entfernt, an dem Fräulein Vormstein saß.

Ich stand nicht auf gleicher Höhe mit ihr, denn das hätte mich noch mehr verunsichert. Autoritäten, die mich stark-seitlich musterten und auf Antworten warteten, die ich nicht wusste, lähmten mich.

Was konnte ich tun? Wieder diese angespannte Stille, schlimmer noch als am Anfang. Ich hoffte, Fräulein Vormstein würde dem Satz *Mit der Tür ins Haus fallen* etwas hinzufügen, was mir helfen könnte. Aus dem Buch. Doch, kannte sie dieses Buch überhaupt? Hatte sie nicht vorhin gesagt, dass sie es nicht kennen würde? Oder hatte ich das nicht gehört, sondern nur selbst gedacht? Aber sie war Lehrerin. Als solche musste sie alle Bücher kennen. Wenn sie das Buch nicht kannte, wie konnte sie dann diesen Satz erklären? Das verstand ich nicht.

Wieder bange Minuten. Diese Stille und meine Sprachlosigkeit würden ihr zu lange dauern. Sie wird Fragen stellen. Fragen zu dem Buch. Zum Inhalt, zu den Personen, zur Geschichte.

Da ich ihr darauf keine Antwort geben konnte, würde sie irgendwann fragen, ob ich das Buch überhaupt gelesen hätte. Es sei doch eine Hausaufgabe für heute gewesen. Das hätte sie doch gesagt. Andere Kinder hätten bereits über ihre Bücher vor der Klasse stehend erzählt.

Vor der Frage, ob ich das erste Kapitel gelesen hätte, hatte ich die meiste Angst. Ich wollte von ihr nicht ertappt werden. Der Satz *Mit der Tür ins Haus fallen* stand auf der ersten Seite. Ich verstand ihn nicht, er irritierte mich, so dass ich nicht weiterlas.

Ich war stumm.

Ich nannte keine Entschuldigung. Mir fiel keine ein. Nicht mal die Entschuldigung, dass ich im Augenblick nicht sprechen könne, kam mir über die Lippen. Mein Mund war trocken, die Kehle zugeschnürt, mein Kopf gesenkt. Niemanden wollte ich ansehen.

Ich schwitzte. Wie sollte es mir gelingen, mich aus dieser peinlichen Lage zu befreien? Ich wusste es nicht. Da ich zum ersten Mal vor der Klasse stand, hatte ich keine Erfahrung und keine Mittel. Es war einer dieser Momente, die man aufs äußerste verflucht. Aus denen man nicht entkommen konnte. Es blieb nur die Hoffnung, dass das Martyrium nicht lange dauert.

Herr, lass den Kelch an mir vorübergehen.

Dann fragte sie: »Thomas, hast du überhaupt die ersten Seiten gelesen?« Ich hatte noch immer keine Entschuldigung parat. So tat ich, als hätte sie mich gedanklich mit ihrer Frage aus einer anstrengenden Textsuche herausgerissen. Ich ließ meinen Kopf hochschnellen, wandte ihn aber aus Verlegenheit nicht zu ihr. In diesem Augenblick konnte ich ihr nicht in die Augen sehen.

Jetzt musste ich eine Erklärung haben. Verstohlen und mehr aus Reflex nickte ich schnell.

Wieder eine längere Pause. Mein Nicken hatte mir Bedenkzeit geschenkt. Aber nur eine kurze. Denn ich sagte nichts. Eine sofort ausgesprochene, plausible Entschuldigung hätte mich mehr gerettet. Das spürte ich in diesem Augenblick. Dieses kurze, fast undeutliche Nicken war zu passiv.

Warten. Banges Warten. Fräulein Vormstein wartete, die Mitschüler warteten. Einige langweilten sich. Es sind die Sekunden, die eine ganze Klasse samt Lehrer lähmen können. Ich schaute wieder zu Boden. Suchte dort Entschuldigungen. Mein Kopf war leer. Absolut leer. Zu lügen traute ich mich nicht. Sie hätte es gemerkt. Eine Lüge muss wahr klingen, um Wahrheit zu sein.

Meine alte Lehrerin würde es sofort merken. Sie hatte viel Lebenserfahrung.

Warten. Wieder dieses Warten. Fräulein Vormstein wurde ungeduldig.

Ich schluckte schwer.

Ich spekulierte darauf, dass sie annehmen würde, ich hätte zwar das Buch gelesen, auch verstanden und behalten, aber jetzt hier, vor ihr und der Klasse, keinen Mut, darüber zu sprechen.

Warten. Sekunden. Minuten.

»Was für Leute kommen in dem Buch vor?«, fragte Fräulein Vormstein. »Was tun sie?«

Ich atmete flach. Nichts, nichts fiel mir ein. Ich hatte das Buch nur wenige Male kurz aufgemacht, einige Sätze gelesen, nicht verstanden und dann wieder zugemacht. Anschließend auf mein Nachttischchen zurückgelegt.

Da lag es jetzt noch.

»Kommen Kinder in dem Buch vor? Was tun sie? Spielen sie vielleicht etwas?«, insistierte sie weiter.

In den Tagen nach der Ausleihe hatte ich völlig vergessen, dass wir den Inhalt nacherzählen sollten. Heute morgen, gleich zur ersten Stunde, verlangte die Lehrerin das von uns. Da war es für mich zu spät, das Kapitel zu lesen und zu behalten.

Was konnte ich demnach tun?

Ich wusste es nicht.

Ich war ratlos.

»Hast du das Buch auch gelesen?«, fragte sie abermals.

Ich nickte wieder und wusste in diesem Moment, dass das meine Lügenentschuldigung war.

Stille.

»Entweder hast du es nicht gelesen oder du kannst jetzt nicht darüber sprechen. Ich gebe dir bis zur nächsten Deutschstunde Zeit, das Kapitel noch mal zu lesen und dann hier nachzuerzählen. Hör' dir am besten jetzt an, wie deine Mitschüler nacherzählen.«

Ich blieb stumm. Ich konnte mir nicht vorstellen, für den Moment erlöst zu sein. In Gedanken entschuldigte ich mich bei der Lehrerin.

Ich wollte jedoch nie mehr von dieser Geschichte etwas hören. *Mit der Tür ins Haus fallen.* Und auch nicht lesen, denn das Lesen von kleiner Druckschrift bereitete mir große Mühe.

Mein Mitschüler Bernd, Kind eines Bauern, konnte bereits Tageszeitung lesen, so hieß es im Dorf. Und ich? Ich als Hauptlehrersohn war nicht einmal dazu in der Lage, das erste Kapitel eines Kinderbuches nachzuerzählen! Welch eine Blamage!

»Thomas, du kannst dich jetzt wieder hinsetzen«, sagte Fräulein Vormstein. Dieser Satz wirkte langsam bei mir.

Dann spürte ich, dass ich gehen konnte und tat es. Ich suchte meinen Platz auf, setzte mich hin und war benommen. Den Rest dieser Stunde bekam ich trotz Aufforderung nicht mehr mit. Das belastete mich, denn ich sollte lernen, wie meine Klassenkameraden nachzuerzählen.

Der Kürbis

»Wir haben neulich die Geschichte über den Kürbis gelesen«, sagte Fräulein Vormstein, während sie gebückt an ihrer Tasche fummelte, etwas heraushob und aufs Pult stellte. »Dieses Einmachglas mit Kürbisstücken ist von meiner Schwester, die ich kürzlich in Staffelberg besucht habe. Jedes Jahr kocht sie Kürbis ein und schenkt mir ein paar Gläser.

Gestern bat ich euch, Schüsselchen und Löffel mitzubringen, damit wir heute Kürbis probieren können.

Habt ihr eure Sachen dabei?«

Meine Mitschüler packten ihre Essutensilien sofort aus. Ich war der Einzige, der nichts dabei hatte. Ich schämte mich deswegen.

Wahrscheinlich würde sich das auf meine Note auswirken.

Gleichzeitig war ich froh, denn ich wollte keinen Kürbis von fremden Menschen essen. Weder von Fräulein

Vormstein noch von ihrer Schwester, die ich nicht kannte. Außerdem fand ich die Stücke in dem Glas nicht appetitlich.

Fräulein Vormstein öffnete das Einmachglas, bat uns Kinder nach vorne und füllte etwas in Schälchen. Ich blieb sitzen. Mir war es recht, dass sie zu tun hatte und deswegen nicht sofort bemerkte, dass ich nicht mit zum Pult gegangen war. Nach und nach setzten sich die Kinder wieder hin und fingen an zu essen. Fräulein Vormstein füllte sich selbst etwas auf. Dann schaute sie zu uns.

»Wo ist dein Schälchen?«, fragte sie mich.

Ich wurde blitzartig rot. Jetzt konnte ich mich nicht mehr verstecken.

»Hast du es vergessen?«

Ich blickte nach unten und nickte verstohlen.

Sie schüttelte den Kopf.

»Aber ich habe gestern extra gesagt, dass ich heute Kürbis mitbringe und ihr an die Schälchen und Löffel denken sollt.«

Mir fiel nicht ein, schnell nach oben laufen zu können und die Sachen zu holen. Doch bis ich zurück gewesen wäre, wären die Kinder mit Essen fertig gewesen und ich hätte den Unterricht dadurch verzögert. Das würde Fräulein Vormstein bestimmt nicht gefallen, denn ich störte ihre Unterrichtsplanung.

Hinzu kam, dass sicherlich niemand in der Wohnung war. Weder meine Geschwister noch ich besaßen einen Schlüssel. Meine Eltern waren dagegen. Meine Mutter war wahrscheinlich einkaufen gegangen. Vor ihr zuzugeben, dass ich Schälchen und Löffel vergessen hatte, hätte zudem eine Strafe nach sich gezogen.

Mein Vater unterrichtete selbst. Die höheren Klassen. In dieser Schule. Manchmal hatte er auch Vertretungsstunden in den unteren Klassen. Aber ich hatte ihn noch nie in seiner Klasse aufgesucht. Mir fehlte bislang der Mut dazu. Außerdem hätte ich nicht gewusst, in welcher Klasse er sich befände. Ich hätte an sämtliche Türen klopfen müssen, um ihn zu finden und dabei alle anderen Lehrer beim Unterrichten gestört.

An seine Klassentür zu klopfen und seinen Unterricht zu unterbrechen, traute ich mich auch jetzt nicht. Hinzu kam, dass mich ältere Schüler gesehen hätten und ich meinem Vater in ihrem Beisein hätte gestehen müssen, dass ich Schälchen und Löffel für das Kürbisessen bei Fräulein Vormstein brauchte. Das hätte bestimmt Lacher hervorgerufen. Ferner hätte mein Vater das Unterrichten aussetzen müssen, um mich in die Wohnung zu begleiten, denn ich wusste in solchen Momenten nicht, wo mir der Kopf stand.

War mein Vater heute überhaupt da? Ich wusste es nicht. Oft kümmerte er sich um Belange außerhalb der Schule.

Vier Jahre lang brauchte ich auf meinem Schulweg keine Überbekleidung, denn ich musste nur eine Etage tiefer gehen, eine Durchgangstür passieren und war kurz darauf in meinem Klassenzimmer. Ich musste nicht einmal durch den Haupteingang der Schule gehen – wie meine Mitschüler. Das klingt vielleicht wie ein Vorteil. Wenn ich Bücher, Hefte oder Schreibutensilien vergessen hatte, hätte ich diese schnell holen können.

Außerdem wäre es möglich gewesen, in meiner Freizeit in den Klassenzimmern zu spielen.

Doch meine Eltern verboten es.

Dass ich mich Tag und Nacht in einer Schule aufhielt, war bedrückend. Ich kam nicht von ihr los, konnte mich in meiner Freizeit nie von ihr entfernen. Die Schule nie aus einer anderen Perspektive betrachten. Wie es meine Mitschüler konnten. Sie absolvierten jeden Tag ihren Schulweg. Zum Gebäude und zurück. Dabei konnten sie Faxen machen oder über Lehrerinnen und Lehrer herziehen. Aber ein Hauptlehrersohn eignet sich auf Schulwegen nicht als Zuhörer.

Schulwegsozialkontakte konnte ich in diesen Jahren nicht knüpfen. Hinzu kam, dass ich zu Hause wenig Besuch von Freunden erhielt. Was sollte Schüler in ihrer Freizeit reizen, ihre Schule aufzusuchen?

Kinder besuchen einen Hauptlehrersohn sehr ungern, weil sie nicht wissen, ob beim Spielen nicht Kinder-Geheimnisse ausgetauscht werden, die ein Lehrersohn an seinen Vater-Lehrer weitergeben könnte – und dieser sie dann gegen den Schüler verwendet.

Vielleicht hatte Fräulein Vormstein auch eigenmächtig gehandelt und wir durften im Unterricht nichts essen? Dazu noch Kürbis von fremden Leuten?

Vielleicht hätte ich sie bei meinem Vater durch das Schälchen-Löffel-Holen verraten und sie hätte Probleme mit ihm bekommen? Das könnte sich negativ auf meine Schulnoten auswirken.

Aber da Fräulein Vormstein mit uns unter einem Dach wohnte, würde sie sich bestimmt mit meinen Eltern über Schälchen und Löffel austauschen.

Privat. Nicht über den Weg des Lehrerzimmers.

Meine Mitschüler aßen. Die Zeit verstrich. Da sagte Fräulein Vormstein zu mir: »Ich esse jetzt meine Kürbisstücke und anschließend kannst du mein Schälchen und

43

den Löffel haben, um damit den Kürbis zu essen.«

Übelkeit beschlich mich. Ich konnte nichts sagen. Ich sollte von ihrem Geschirr essen? Ungespült? Das Geschirr von dieser alten Frau? Ich wollte nicht vom Kürbis kosten. Jetzt fiel mir ein, dass ich Kürbis nicht mochte, obwohl ich ihn noch nie probiert hatte.

Ich sah Fräulein Vormstein beim Essen zu. Sie führte den Löffel in ihren Omamund. Es war ein Plastiklöffel. Ich erinnerte mich daran, dass mir mal jemand erzählt hatte, dass Plastiklöffel sich nie so reinigen ließen wie Metalllöffel. Es würden immer Bakterien an ihnen haften bleiben. Selbst nach gründlichem Spülen. Ich mochte nicht vom Geschirr einer alten Lehrerin essen.

»Schmeckt's euch, Kinder?«, fragte sie.

Die Klasse nickte. Wahrscheinlich durfte man sich kein ehrliches Urteil erlauben. Schließlich hatte sich Fräulein Vormstein mit dem Transport des Kürbisglases alle Mühe gemacht. Sie besaß weder Führerschein noch Auto. Sie fuhr mit Zügen, Bussen und schwarzen Taxis. Da ihre Schwester in einer Stadt wohnte, musste unsere Lehrerin das Glas mühsam transportieren. Sie wäre beleidigt gewesen, wenn man gesagt hätte: »Ihr Kürbis schmeckt mir nicht!«

Das hätte sich bestimmt negativ auf die Note ausgewirkt. Mir wurde schlechter. Ich sollte von ihrem Geschirr essen? Mit ihrem Plastiklöffel? Ihrem Vorschlag konnte ich mich nicht widersetzen. Wegen der Note. Ich musste mitmachen. Auch wenn mir bei dem Gedanken ekelte, von ihrem Geschirr zu essen. Ich mochte keinen Kürbis. Schon gar nicht von ihr. Was wäre, wenn sie mir nach Abschluss ihrer Mahlzeit das Geschirr gefüllt mit neuen Kürbisstücken reichte? Ungesäubert? Dazu den benutzten Löffel? Ich könnte ihr nicht widersprechen. Müsste aus Schuld widerwillig den Kürbis von ihrem benutzten Geschirr essen.

Fräulein Vormstein aß die letzten Stücke.

Dann stand sie auf: »Ich wasche die Schale und den Löffel auf der Toilette ab. Seid bitte so lange ruhig.« Sie verließ den Raum.

Was wäre, wenn sie die Sachen gar nicht spülen würde und nach kurzer Zeit zurückkäme? Oder wenn sie das Geschirr und den Löffel nur mit einem Tuch abtrocknete? Oder es gäbe zufällig kein Wasser auf der Toilette? Spülmittel gab's da nicht.

Sie kam zurück. Füllte Kürbisstücke in die Schale und brachte sie mir. Die anderen Kinder waren fast fertig. Ich schämte mich, weil ich den Fortgang des Unterrichts verzögerte. Außerdem würden sie alle zu mir herüber schauen. Ich mochte nicht unter gaffenden Menschen essen. Ich aß lieber unbeobachtet. Solange Menschen essen, sind sie eher mit sich selbst beschäftigt. Die wenigsten mögen es, dabei beobachtet zu werden. Es sei denn, die Beobachter essen auch. Sobald sie fertig sind, glotzen sie aber lieber gern – wie andere essen.

Die Schale stand vor mir. Daneben lag der Löffel.

Beides schien gespült zu sein. Jedenfalls war der Löffel trocken. Die Schale auch.

Außen. – Ich zögerte.

Fräulein Vormstein sah das. Und ich wollte sie nicht enttäuschen. Langsam nahm ich den Löffel, tunkte ihn in den Saft, lud ein Kürbisstück auf und führte beides zum Mund. Der Kürbis sah rosa aus. Ich kannte Melone. Wassermelone. Die hatte ich schon mal probiert. Sie schmeckte süß. Ich hatte die Hoffnung, dass dieser Kürbis so süß schmeckte wie eine Melone. Jemand hatte mir mal gesagt, dass Kürbis und Melone verwandt seien. Jedoch hatte ich die Melone roh gegessen. Nicht aber eingekochte Melone.

Der Löffel war im Mund. Mich ekelte. Ich dachte an ihren faltigen Omamund und an ihre Gebissprothese im Glas, die jetzt bestimmt mit Haftpulver an ihrem Gaumen klebte. Ich dachte daran, dass dieser Löffel noch vor wenigen Minuten ihre Prothese berührt hatte. Das Kürbisstück lag auf meiner Zunge. Zusammen mit dem Saft schmeckte es salzig. Ich mochte es nicht. Es schmeckte ganz anders als eine Melone.

Langsam zerkaute ich das Stück. Schluckte vorsichtig. Zögernd nahm ich das nächste. Sie hatte die Schale voll gemacht. All das sollte ich essen? Mein Magen verkrampfte sich. Ich traute mich nicht, ihr das zu sagen. Ich schämte mich. Mein eigenes Geschirr samt Löffel hatte ich vergessen, jetzt warteten meine Lehrerin und meine Mitschüler darauf, dass ich schnell essen würde. Und ich würde mich verweigern? Erneut sah ich das Bild der Kürbis essenden Lehrerin vor mir. Hätte ich doch an mein eigenes Schälchen gedacht!

Jetzt machte ich Tempo. Wie bei der Einnahme eines übel schmeckenden Medikaments. Ich aß schneller und würgte die Kürbisstücke fast unzerkaut hinunter. Den Saft ließ ich im Schälchen zurück. Fräulein Vormstein holte ihre Sachen und fragte: »Hat es dir geschmeckt?!«

Ich schaute nach unten und nickte verlegen.

Markus

In der großen Pause waren Mitschüler und ich hinter dem Schulgebäude und Ulrich wollte mich fangen. Wir durften aber nicht Jagen spielen, weil der gesamte Schulhof mit Split ausgelegt war. Ich wollte mich nicht fangen lassen und lief davon, in dem ich durch Gruppen umherstehender Schüler rannte. Das beste Fluchtziel schien mir die Vorderseite der Schule zu sein. So rannte ich nahe der Hauswand um eine Ecke, die ich nicht einsehen konnte und stieß mit Markus, dem Arztsohn, zusammen, der zufällig von der anderen Seite angerannt kam. Leider stürzte ich. Ich weinte, mein Knie fing an zu bluten und schmerzte.

Fräulein Grewen, die Pausenaufsicht hatte, kam aus der Ferne herbei und schimpfte mit uns beiden.

Während jemand meine Mutter über den Sturz informierte, lud mich Markus zu sich nach Hause ein. Für die kommende Woche. Zum Spielen. Das fand ich ungewöhnlich, denn er war nicht in meiner Klasse. Sondern eine tiefer. Er war jünger. Wir hatten noch nie zusammen gespielt. Umso mehr überraschte mich seine Einladung.

Ich hatte keinen Unterricht mehr.

Lehrer Schommer hatte die dunkelbraune Lederverbandstasche mit dem roten Kreuz geholt und mein Knie notdürftig verbunden. Noch während der Pause sollte ich zu Markus' Vater in die Praxis gehen – wegen des Drecks, der in der Wunde war. Fräulein Grewen sagte, dass ich eine Spritze bekommen müsse. »Du hast es gut«, sagten einige Mitschüler, die herbeigeeilt waren und zusahen, »du hast frei.« Aber ich wäre lieber in den Unterricht gegangen, denn ich hatte Angst vor Arzt und Spritze.

Meine Mutter kam, schaute sich das verbundene Knie an und wir gingen sofort zu Dr. Bergmann.

Das Knie blutete stark. Es war ein Notfall. Deswegen kam ich sofort dran. Der Arzt trug Jod auf die Wunde auf, verband sie und sagte, ich solle meine Zähne zusammenbeißen. Dann gab er mir eine Spritze in den rechten Oberschenkel. Das tat mehr weh als die Wunde an der Kniescheibe. Meine Mutter und ich gingen langsam nach Hause.

Nachdem mir Markus am Einladungstag die Haustür geöffnet hatte, fragte er, wie es mir gehe. Dann zeigte er mir seine Spielsachen. So etwas hatte ich nie zuvor gesehen. Ein großer Kellerraum voll Spielzeug: Baseballschläger, Gummibälle, Flummis, Autos mit Fernsteuerung, Modellflugzeuge, ein *Kettcar*, eine Tischtennisplatte samt Schlägern und Bällen, Fußballschuhe, drei Fußbälle aus Leder, zwei Fahrräder, ein Gummischlauchboot, ein Federballspiel, ein Wurfspiel mit Pfeilen, eine *Carrera*-Rennbahn, eine größere Kiste mit *Matchbox*-Autos. Dazu Kartenspiele: die schnellsten Schiffe, die schnellsten Autos, Oldtimerquartett, *Elferraus*.

Markus war Einzelkind.

Und Arztsohn.

Ich wusste gar nicht, wo ich zuerst hinsehen sollte. Schon fragte er mich, womit wir spielen wollten. Ich solle mir etwas aussuchen, denn ich wäre zum ersten Mal bei ihm.

Mit dem *Kettcar* wäre ich gerne gefahren. Den hatte ich mir manches Mal zu Weihnachten gewünscht. Doch meinen Eltern war es zu teuer. »Du hast ein Fahrrad«, sagten sie, »damit kannst du genauso umherfahren.« Aber jetzt, mit dem verletzten Knie, konnte ich weder Fahrrad noch *Kettcar* fahren.

Die Spielzeugmenge überwältigte mich. Ich konnte keine Entscheidung treffen.

»Wie wär's«, fragte Markus, »wenn wir mit meiner Eisenbahn spielen würden?« »Eisenbahn?«, fragte ich, »aber ich sehe keine Eisenbahn!?« »Hier im anderen Zimmer.« Er machte eine Tür auf und wir gingen nach nebenan. Ich sah eine riesengroße Eisenbahnplatte. Viel größer als die, die wir hatten. Und mit viel mehr Weichen, Signalen, Bergen, Transformatoren, Häusern, Schienen, Tunneln, Kränen, Autos, Straßen, Zügen, Depots. Kaum hatte Markus den Hauptschalter angeknipst, leuchteten die vielen Plastikhäuser. »Ich nehme diese Lokomotive hier«, sagte er. So spielten wir, bis ich nach Hause musste.

Doch Markus war nie ein enger Freund. Er war oft hochnäsig. Eben ein Arztsohn. Außerdem eine Klasse unter meiner. Ich spielte lieber mit denen, die in meiner Klasse waren. Mit Tobias, der sich im Herbst aus Laub 'Hütten' baute, sich darin versteckte und mit einer Dreistablampe die vorbeifahrenden Autofahrer blendete.

Oder mit Jürgen, der einer der stärksten in der Klasse war. Er trug meistens dreiviertellange Lederhosen. Nicht die grünen, aus glattem Leder, die grauen, aus rauhem Leder. Dazu dicke Strümpfe.

Jürgen sammelte immer während des Unterrichts Kügelchen aus leeren Tintenpatronen. Von *Geha* oder *Pelikan* – das war ihm egal. Er schnitt am Ende der Patrone mit dem Anspitzer den Deckel ab, stieß die Hülle so lange auf den Tisch auf, bis das Kügelchen herausfiel, nahm eine Patrone, die schon mehrere Kügelchen enthielt und steckte diese neue Kugel vorne hinein. Er machte es, indem er seine Kugeldepotpatrone kopfüber auf die Kugel setzte und kräftig drückte. Er fragte jeden nach leeren Patronen.

Ich konnte ihm keine geben. Denn ich hatte einen alten Füller. Mit Kolben. Jeden Nachmittag schaute ich nach, ob genug Tinte im Tank war, denn mir war es peinlich, im Unterricht nicht mit ihm schreiben zu können.

Möglichst noch während einer Klassenarbeit. Gelegentlich hatte ich ein kleines Fläschchen mit königsblauer Tinte dabei. Doch war das immer sehr umständlich. Und seit dem Tag, als einmal der Deckel der Flasche absprang, als diese im Tornister war und blaue Flecken in Bücher und Hefte machte, vermied ich es, sie mitzunehmen.

Wie gern wünschte ich mir einen Füller mit Patronen, doch meine Eltern waren dagegen. Er war ihnen zu teuer. Außerdem gäbe es genug alte Kolbenfüller in der Schreibtischschublade meines Vaters, sagten sie. Einige waren von Füllervertretern, andere von meinen Geschwistern oder meinem Opa. Aber die wenigsten funktionierten richtig.

Capri-Eis

Es war Sommer. Ich fuhr mit dem Fahrrad den schmalen Fußweg Richtung Schützenhalle. Nur so. Aus Zeitvertreib. Oder, weil ich vielleicht neugierig darauf war, was auf dem Schützenplatz passiert, denn das dörfliche Schützenfest stand bevor und dazu waren Schausteller angereist.

Ich kam über die kleine Fußgängerholzbrücke, fuhr an der Schützenhalle vorbei und sah die kleinen Büdchen, den Autoskooterparcours, Karussells, deren Bauelemente montiert wurden und die nach und nach Gestalt annahmen. Monteure trugen Stahlverstrebungen. Die Männer wirkten schmutzig und heruntergekommen. Manche hatten ungepflegte Gesichter. Einem fehlte ein Zahn. Ich konnte es sehen, als sie sich miteinander unterhielten und über etwas lachten. Lastwagen mit offenen Ladeluken standen herum. Werkzeuge und einzelne Teile für die Montage lagen verstreut auf dem Platz.

Ich hielt Abstand von den fremden Menschen und den Gegenständen. Meine Langeweile war gepaart mit der Neugier zu sehen, was dort vor sich ging.

Vielleicht konnte ich beobachten, ob die Männer die Autoskooter ohne Chips fuhren. Das hatte ich früher zufällig gesehen. Sie hatten einen u-förmigen Plastikschlüssel, mit einem dicken, kugelartigen Schlüsselanhänger daran, wie man ihn von Hotelschlüsseln her kennt. Nur, dass auf diesem Anhänger keine Nummer stand.

Sobald sie die Wagen aus den Transportern auf die Stahlplattform des Autoskooters gelassen hatten, die oben bogenförmigen Stromabnehmer montiert waren und der Strom durch das Drahtnetz floss, setzten sich die Männer auf die Einstiegskante der Autos, einen Fuß zum Gas geben nach innen und ein Bein außen auf der dicken Gummilippe, steckten ihre Spezialschlüssel in den Chipschlitz und fuhren los. Oft eine Hand lässig an der Stromabnehmerstange und die andere Hand am Lenkrad. Bevor ich erstmals wahrgenommen hatte, dass diese Männer zum Fahren einen Spezialschlüssel benutzen, hatte ich immer vermutet, dass sie in ihrem Beruf viel Geld verdienen müssten, damit sie zum Bewegen und Ausprobieren der Wagen die Chips zum Fahren kaufen könnten.

Mein Taschengeld hätte dafür bestimmt nicht ausgereicht. Immerhin werden es etwa zwanzig oder dreißig Skooter gewesen sein, die dort von den Lastwagen kamen.

Jedenfalls hatte ich mir oft gewünscht, auch so einen Universalschlüssel zu besitzen, den ich dann nach Eröffnung des Schützenfestes jedes Mal benutzen könnte.

Damit wäre ich endlos lange Autoskooter gefahren, ohne einen Pfennig meines Taschengeldes ausgeben zu müssen.

Ich stieg aufs Fahrrad und fuhr weiter. Erst Richtung Sportplatz, dann wieder zurück, um zu sehen, ob die Männer inzwischen auf ihren Skootern saßen und fuhren. Manchmal, wenn der Chef nicht hinsah oder anderweitig zu tun hatte, erlaubten sie sich einen Spaß. Sie zeigten ihr ganzes Können mit diesen Autos. Fuhren knapp an der Bande vorbei oder hielten mit Vollgas darauf zu, um dann im letzten Moment das Steuer herumzureißen, wodurch der Rückwärtsgang eingelegt wurde. Da stockte mir manchmal der Atem, weil ich dachte: der fährt direkt vor die Holzbande und wird am Ende noch aus dem Auto geschleudert, weil er nur mit einer Körperhälfte auf dem Wagen sitzt!

Nach der Schützenfesteröffnung ist es verboten, so auf dem Wagen zu sitzen. Besucher wurden von den Bediensteten sofort gemaßregelt, wenn sie das machten. Dennoch erinnerte ich mich an manche Halbwüchsige, die das trotzdem taten. Sie saßen mit ihrem Hintern auf der Lehne des Skooters, konnten so das Feld besser überschauen und vor allem den Mädchen mächtig imponieren. Allerdings können das nur entsprechend große Halbwüchsige machen, denn ein Fuß muss bis zum Gaspedal reichen. Einzelne Monteure hielten mit ihren Wagen aufeinander zu und rissen dann im letzten Moment das Steuer zur Seite, um nicht mit ihrem Kollegen zusammenzustoßen. Oft lotsten sie auch einen unbemannten Wagen in die Ecke, wo er geparkt wurde.

Das machten sie, indem sie mit ihrem Wagen längsseits heranfuhren, das Steuer des anderen Autos fassten und dann bei ihrem Wagen Gas gaben.

Was mich am meisten bei den Männern beeindruckte war, dass sie es meisterlich verstanden, mit diesen Wagen rückwärts zu fahren. Aber nicht im Schleichtempo, sondern Vollgas. Durchs reine Zusehen lernte ich von ihnen, wie man das macht. Sie fuhren erst ein Stück vorwärts. Drehten dann das Lenkrad um 180 Grad herum. Und zwar sehr schnell, damit das Auto keine Kurve fuhr. Danach hielten sie das Steuer in dieser Stellung und fuhren rückwärts.

Der Reiz dieses Rückwärtsfahrens liegt zum einen in der rückwärtigen Bewegung und zum anderen in der

Lenkaktion. Man muss seitenverkehrt denken. Denn drehe ich das Lenkrad nun nach rechts, in der Hoffnung, dass das Auto in der Folge eine Rechtskurve macht, werde ich schnell eines Besseren belehrt: das Auto macht eine Linkskurve. Natürlich in rückwärtiger Fahrtrichtung gesehen. Bei solch unverhofften Manövern konnte es schnell zu Zusammenstößen kommen, sobald man diese Fahrkünste nach Eröffnung des Schützenfestes ausprobierte.

Interessant war es, wenn man während des Rückwärtsfahrens reflexartig einem Vorwärtsfahrenden ausweichen wollte: dann lenkte man oft in die entgegengesetzte Richtung und es kam zum Zusammenprall.

Die Monteure waren in der Lage, rückwärtsfahrend volle Pirouetten auf dem Stahl zu drehen und den Wagen elegant abzufangen. Dazu hatten sie die modernsten Schlager auflegen lassen und die Musik tönte laut über den ganzen Platz.

Das machte erst die Atmosphäre für diese Könner aus.

Mir gefiel am meisten, wenn drei oder vier gleichzeitig die Stahlplattform befuhren, Beinahzusammenstöße antäuschten und dann professionell auswichen. Vielleicht hatten sie heimlich Wetten darüber abgeschlossen, ob jemand sich durch irgendwelche Tricks fangen lassen würde.

Ich wünschte mir, so fahren zu können. Aber auf dem Stahlfeld befanden sich während des Festes viel mehr Wagen als jetzt. Zudem wurden Rückwärtsfahrende vom Kassierer über Lautsprecher aufgefordert, vorwärts zu fahren. Es kam oft zu unvorhersehbaren Zusammenstößen durch Halbwüchsige, die die Fahrregeln ignorierten.

Die Montageaktivitäten auf dem Schützenplatz zogen

mich stärker in ihren Bann, so dass ich mit meinem Fahrrad stehen blieb, um die Szenerie ruhiger und genauer zu beobachten. Dazu lehnte ich mich seitwärts an die Fahrradstange, so dass das Fahrrad als Stütze diente und ließ meinen Blick schweifen.

Plötzlich rief mich ein Mann zu sich. Ich erschrak, denn ich war in Gedanken und rechnete nicht damit, aus der Ferne angesprochen zu werden. Ich zögerte, wusste dieses Signal nicht einzuschätzen. Er rief erneut. Jetzt konnte ich nicht mehr ausweichen. Obwohl ich nicht zu ihm fahren wollte, tat ich es doch.

Als ich ihm gegenüberstand, fragte er mich, ob ich Zeit habe. Ich sagte: »Ja.« Er fragte weiter, ob ich ihm einen Gefallen tun könne. Auch das bejahte ich, obwohl ich innerlich längst Nein gesagt hatte. Meine Mutter hatte mich immer vor fremden Männern gewarnt. Jetzt war ich paralysiert.

Der Mann erzählte mir, dass er für seine Kollegen und sich Lebensmittel bei Hausmanns bestellt habe. Hausmanns würde ich doch bestimmt kennen. Die Sachen habe er nicht mitnehmen können, weil der Karton erst noch gepackt werden musste. Jetzt müsse der Karton abholbereit sein. Zudem seien die Lebensmittel bereits bezahlt. Aber er selbst habe keine Zeit, sie zu holen und seine Männer auch nicht. Wenn ich Zeit dazu hätte, solle ich das machen und mir eine Schokolade oder etwas anderes aussuchen, als Lohn für meine Mühe. Zu tragen brauche ich die Kiste auch nicht, denn ich könne sie hinten auf den Gepäckträger stellen.

Der Mann erzählte und erzählte.

Ich sagte aus Hilfsbereitschaft Ja. Und um nicht für dumm gehalten zu werden. Fahren wollte ich nicht. Doch als ich Ja gesagt hatte, aber eigentlich Nein meinte, konnte ich schlecht im Nachhinein Nein sagen, denn gelernt hatte ich, Erwachsenen zu gehorchen und keine Widerrede zu geben.

Ich fuhr los, wusste aber nicht genau, was ich tun sollte. In mir rief eine Stimme laut »Nein!« So etwas hatte ich noch nie gemacht und ich wusste nicht, ob seine Geschichte wirklich stimmte. Was wäre, wenn er mir damit etwas vormachte? Oder was wäre, wenn ich zu Hausmanns führe und dort niemand etwas von einer Kiste wüsste? Was sollte ich dann machen? Ich wusste den Namen des Mannes nicht. Er hatte ihn mir nicht gesagt. Und ich hatte in der Aufregung vergessen, danach zu fragen. Wie sollte ich mich Frau Hausmann erklären?

Ich bog in diese Straße ein, dann in jene. Aber die Straßen führten nicht zu Hausmanns. Schweiß brach mir auf der Stirn aus. Was wäre, wenn der Mann jetzt warten würde und sich fragte, wo ich so lange bliebe? Hausmanns Geschäft war nicht weit von der Schützenhalle entfernt. Mit meinem Fahrrad etwa zehn Minuten.

Ich überlegte weiter, warum der Mann nicht selbst zu dem Laden gefahren war. Er erwähnte, er habe keine Zeit. Und seine Männer auch nicht. Sollte ich ihm das glauben? Was sollte ich tun? Die Minuten verstrichen und der Mann wartete auf mich.

Mit ihm seine Kollegen, die vom Arbeiten zweifelsohne Hunger hatten und etwas essen wollten.

Würde ich nicht in einer angemessenen Zeit zurück sein, würde er vielleicht denken, dass ich die Sachen verkauft hätte. Oder einen Unfall hätte. Mit den ganzen Lebensmitteln. Einen Unfall! Ich hätte ihn anrufen und ihm sagen können, dass ich seinen Karton nicht abhole.

Hatte er ein Telefon in seinem Wohnwagen? Ich wusste es nicht.

Schlagartig fiel mir ein, dass ich mich mit dem Telefonieren nicht auskannte, da wir privat keinen Apparat besaßen. Die Schule hatte nicht einmal einen Amtsanschluss. Auch Münzfernsprecher waren mir fremd. Hätte ich überhaupt Geld dafür gehabt? Und seine Telefonnummer?

Was sollte ich tun?

Die einzige Möglichkeit schien mir zu sein, nach Hause zu fahren und meiner Mutter von der Begegnung zu erzählen. Sie um Rat zu fragen. Obwohl ich Angst vor ihrer Reaktion hatte, denn ich sollte nicht mit fremden Männern sprechen, geschweige denn, Aufträge für sie ausführen.

Ich sah nur diese Lösung, auch wenn die Männer dadurch auf dem Platz länger warten mussten.

So fuhr ich nach Hause. Meine Mutter war da. Ich erzählte ihr die Geschichte. Sie war über mein Handeln entsetzt, wollte genaue Informationen haben. Ich sagte ihr das, was ich wusste. Was sollte ich tun? Meine Verzweiflung wuchs. Meine Mutter riet mir, den Karton von Hausmanns zu holen – weil ich nun mal Ja gesagt hatte – ihn zum Schützenplatz zu bringen und sofort nach Hause zu kommen. Und vor allem, nichts von dem Mann oder anderen Leuten anzunehmen. Weder Geld noch was zu essen. Und ich solle ihm sagen, dass ich in Zukunft keine Kartons oder etwas anderes mehr für ihn oder weitere Leute holen würde.

Stiche im Magen.

Ich hoffte, meine Mutter würde sofort mit dem Mann

sprechen und dafür sorgen, dass er sich selbst um den Karton kümmert. Falls das nicht ginge, wünschte ich mir, dass meine Mutter mich zu Hause behalten würde, so dass sich der Fall anders löst. Die Männer müssten sich dann eigenhändig um ihre Lebensmittel kümmern. Aber ich dürfte mich nicht mehr auf dem Schützenplatz sehen lassen. Weder heute noch während des Schützenfestes. Sie würden mich wiedererkennen und mich ansprechen. Sie würden sich über mich ärgern. Mir Vorwürfe machen. Wahrscheinlich dürfte ich nicht mit dem Autoskooter fahren. Das wollte ich aber.

Widerwillig fuhr ich in Windeseile zu Hausmanns. Was wäre, wenn ich meinem Auftraggeber im Geschäft begegnen würde, weil ich den Karton noch nicht gebracht hätte? Das würde ihm nicht gefallen und ich müsste mich vor ihm rechtfertigen. Meine Belohnung bekäme ich dann nicht. Und Autoskooter fahren?

Was wäre, wenn die Lebensmittel tatsächlich nicht bezahlt worden seien und die Besitzerin sich weigerte, sie mir auszuhändigen?

»Guten Tag, Thomas«, sagte sie.

»Guten Tag«, antwortete ich, schaute sie schüchtern an und sagte nach einer Weile: »Mich schickt ein Mann vom Schützenfest. Ich soll einen Karton holen ...«

Sie bückte sich und hob ihn auf die Theke. Der Monteur hatte ihn nicht selbst geholt.

»Ist alles bezahlt«, sagte sie und wusste Bescheid, dass der Inhalt für die Schausteller war und jemand kommen würde. Sie war ebenso über das Geschenk informiert. Das war Glück für mich, denn andernfalls hätte ich sie darauf hin ansprechen müssen, was mir unangenehm gewesen wäre. Denn ich wusste nicht, ob mir der Monteur die Wahrheit gesagt hatte. Vielleicht war die angekündigte Belohnung nur ein Lockmittel für mich, damit ich den Karton holte. Hatte ich nach all meinen begangenen Fehlern überhaupt Anspruch auf ein Geschenk?

Frau Hausmann fragte mich, was ich haben wolle. Ich überlegte eine Weile, dabei kam mir der Gedanke, ob ich das Präsent wirklich nicht bezahlen müsse, oder ob das nur ein Trick sei, mich für den Auftrag zu ködern. Ich hatte kein Geld dabei. Mir schien, als ob ich zu lange überlegen würde und der Verkäuferin damit wertvolle Zeit stahl. Von ihrer Arbeit im Laden. Ich fühlte mich immer schlechter. Geschenk hin oder her.

Nach einer Weile fiel mir *Capri-Eis* ein. Es war eins von meinen Lieblingseisen und ich bekam es selten, weil es zu teuer war. Dieses Eis am Stiel gab es mit Orangen- oder Zitronengeschmack. Ich sagte Frau Hausmann, ich wolle das mit Orangengeschmack. Sie holte es aus der Tiefkühltruhe und legte es auf die Theke.

Nachdem die Ladenbesitzerin und ich den vollen Pappkarton zum Fahrrad gebracht hatten und die Gepäckklammer ihn hielt, lehnte ich das Rad vorsichtig an die Wand und holte das Eis. Beim Hineingehen fiel mir ein, dass ich mit dem Eis nicht Fahrrad fahren konnte. Mit diesem schweren Karton auf dem Gepäckträger brauchte ich beide Hände am Lenker, andernfalls würde ich stürzen.

Was sollte ich demnach machen? Ich stand da und sann nach: ich könnte das Eis auf den Karton legen und es später essen. Doch die Sonne schien sehr stark. Es könnte passieren, dass das Eis schmilzt, das Papier aufweicht und die anderen Gegenstände verschmiert. Dann würde ich bestimmt Ärger mit dem Monteur bekommen.

Im schlimmsten Fall müsste ich die Lebensmittel von meinem geringen Taschengeld bezahlen.

Ich würde nichts von meinem Geschenk – dem Eis – haben. Ich müsste mich mit dem Kartontransport beeilen und wäre somit noch mehr gehetzt, als ich es ohnehin durch den Zeitverzug war. Folglich bedeutete dies einen Verzicht auf das Eis. Ein geschmolzenes Eis mochte ich nicht mehr.

Ich überlegte. Währenddem spürte ich, dass ich von Frau Hausmann, die wieder an der Theke stand, durch das große Schaufenster beobachtet wurde. Sie hatte einen Bereich nicht dekoriert, so dass sie immer nach draußen sehen konnte und informiert war, was vor ihrem Laden passiert.

Nach kurzer Zeit kam die Verkäuferin vors Geschäft und sagte: »Iss doch erst mal dein Eis, Thomas! Danach kannst du dann in Ruhe losfahren.«

Ich nickte verlegen, sagte aber nichts. Sie hatte recht. Aber ich hatte mich bereits verspätet. Was Frau Hausmann nicht wusste. Sie muss davon ausgegangen sein, dass ich direkt vom Schützenplatz aus zu ihr gefahren bin, um den Karton zu holen. Dass ich Verspätung hatte, ahnte sie nicht. Ich hatte es ihr nicht gesagt, denn das hätte ein schlechtes Licht auf mich geworfen. Aus Scham mochte ich mich ihr nicht im Nachhinein anvertrauen.

Ich sagte zur Ladenbesitzerin ein schnelles, verlegenes »Ja«, um nicht in Bedrängnis mit ihr, meiner Zeit und dem Eis zu kommen.

Unsere Familie kaufte selten bei Hausmanns ein und mir war es unangenehm, jetzt ein längeres Gespräch mit ihr zu führen. Wir gingen nur in ihr Geschäft, wenn etwas sehr dringend gebraucht wurde. Das kam kaum vor. Deshalb wunderte ich mich, dass sie mir einen Tipp fürs Eisessen gab. Das hätte sie nicht machen müssen, denn wir waren keine Stammkunden. Wir fuhren immer mit unserem Auto nach Kürstadt, dort gab es nicht nur das Krankenhaus, in dem ich operiert wurde, sondern auch den Supermarkt *Hill*.

Der war größer und hatte mehr Lebensmittel. Hinzu kam, dass man in diesem Supermarkt nicht vom Personal angesprochen wurde, denn es war ein Selbstbedienungsladen. Hausmann war ein Krämerladen. Hatte man den betreten, musste man sofort mit der Inhaberin sprechen.

Aber sie war eine Fremde für mich.

Weil wir unsere Lebensmittel woanders kauften, wurden wir im Dorf schief angesehen.

Ich kann aber nicht sagen, dass Frau Hausmann unhöflich zu mir gewesen war. Doch ich hatte mich verspätet! Was würde der Monteur von mir denken?

Die Ladenbesitzerin hatte recht mit ihrem Vorschlag, erst das Eis zu essen und dann die Ware zu transportieren.

Andererseits wartete der Mann schon länger auf seine Sachen. Um die Verkäuferin nicht zu enttäuschen, schob ich das Eis aus dem Papier und fing an, daran zu lutschen. Sie nahm den Abfall mit und ging in ihren Laden zurück. Somit hatte ich ein kleines Ziel erreicht und Frau Hausmann zufrieden gestellt. Ihr damit gezeigt, dass ihr Vorschlag wohl der beste war. Ansonsten hätte sie vielleicht mit mir diskutiert, was mir äußerst unangenehm gewesen wäre.

Die Sonne schien sehr stark.

Auf der kleinen Fläche vorm Schaufenster war es heiß.

Das Eis fing schneller an zu schmilzen, als mir lieb war. Ich leckte ein paar Mal hastig daran und geriet schnell in Panik. Erstens war es kein Genuss für mich und zweitens – und das war das Schlimmere – dachte ich an den Karton. War da nicht Butter drin, die genauso schnell schmilzen konnte? Oder andere verderbliche Ware? Außerdem hatte ich bereits Verspätung! Der Monteur würde mir die Leviten lesen.

Ich musste los! Mit dem Eis! Ich konnte hier nicht länger stehen und es genießen, während der Mann und seine Leute auf den Karton warteten! Sie warteten hungrig auf ihr Essen.

Eis essen und gleichzeitig Rad fahren würde nicht gehen! Mit dem schweren Gepäck hinten brauchte ich zum Lenken beide Hände. Sonst würde ich stürzen und es gäbe ein größeres Malheur. Am Ende müsste ich die unbrauchbaren Lebensmittel und zusätzlich einen Karton mit neuen Lebensmitteln von meinem Taschengeld bezahlen!

Wegwerfen mochte ich das Capri-Eis nicht. Es war ein Geschenk! Mit Geschenken macht man das nicht! Außerdem hätte ich nichts davon gehabt. Dreimal Lecken vielleicht. Und das bei meinem Lieblingseis. So überlegte ich, was ich nun machen könnte. Frau Hausmann mochte ich nicht fragen. Sie war wieder in ihrem Geschäft und hatte sicherlich zu tun.

Ein Plan entwickelte sich: Ich würde das Rad erst mal ein Stück schieben – mit dem Eis in der Hand und gleichzeitig am Lenker –, so dass Frau Hausmann, die mich auf jeden Fall durchs Schaufenster sehen konnte, wahrnahm, dass ich losgehe und meinen Auftrag richtig ausführe. Gleichzeitig würde sie denken, dass ich einen

Kompromiss gefunden hätte: Ich lutsche mein Eis und schiebe mein Rad.

Parallel zu diesen Überlegungen sah ich mich schon, wie ich das fast vollständige Eis verstohlen in den nächsten Papierkorb oder in den Straßengraben werfe, nur um möglichst schnell mit einem unbeschädigten Karton samt Inhalt auf dem Schützenplatz anzukommen.

Es war warm, ich schwitzte, auch aus Panik, und setzte meinen Plan um. Ich schob das Rad, hielt das jetzt tropfende Eis mit zwei Fingern am Stiel fest und hatte dabei beide Hände am Lenker. Tatsächlich guckte Frau Hausmann durchs Schaufenster und nickte mir kurz zu. Ich lächelte verlegen und nickte auch.

Der Karton war schwer. Ich spürte die Last und schob mein Rad, was ich ständig ausbalancieren musste, damit der Karton nicht ins Rutschen kam. Ich wünschte mir, in die Pedale treten zu können, weil ich mit den Beinen mehr Kraft hatte.

Das Eis musste schnellstens verschwinden.

An der Straße waren Häuser und so fühlte ich mich beobachtet. Durfte ich das Eis-Geschenk wegwerfen? Das tat man nicht! Und schon gar nicht als wohlerzogener Hauptlehrersohn!

Unauffällig schaute ich hin und wieder aus meinen Augenwinkeln an den Häusern entlang. Immer darauf bedacht, ob ich jemanden sehen könnte, der mich beobachtet. Papierkörbe gab es hier nicht. Mülltonnen auch nicht. Dafür häuserfreie Stellen und zum Teil Straßengräben, die mit Grasbüscheln überwuchert waren.

Das würde die Chance bereiten.

Ein Stück Straßengraben, in dem das weggeworfene Eis schnell in der Sonne schmilzen würde und letztlich nur noch der Holzstiel übrig blieb, der nach gut einer Woche aufgrund des Straßendrecks so stark verwittert aussähe, als läge er schon einige Jahre hier.

Ich sah auf der linken Straßenseite eine günstige Stelle, überquerte nach einem Blick die Fahrbahn und warf das Eis flugs in den Graben. Der Wurf gelang so, als sei mir das Eis zufällig und unbeabsichtigt aus der Hand gefallen. Denn ein vermeintlicher Beobachter sollte glauben, mir sei ein Missgeschick passiert.

Von nun an konnte ich beide Hände ausschließlich zum Lenken einsetzen. Nachdem ich das rechte Pedal in eine bequeme Startposition gebracht hatte, bestieg ich das Rad, trat die Kurbel herunter und fuhr mit Bedacht los. Vorsichtig radelte ich zu dem Mann auf dem Platz und stoppte. Er nahm den Karton von meinem Gepäckträger und stellte ihn auf den Boden. Zugleich fragte er mich, warum der Transport so lange gedauert habe. Ich murmelte etwas Unverständliches. Ich hatte nicht daran gedacht, mir vorher eine Ausrede zurechtzulegen.

Auf einmal kam meine Mutter und sprach empört mit dem Mann. Was ihm einfiele, Jungs damit zu beauftragen, Lebensmittelkartons zu holen. Das könne er selbst tun oder einer seiner Mitarbeiter.

Das war mir aufs äußerste unangenehm. Es beschämte mich, dass ich mich vom Monteur und meiner Mutter hatte überreden lassen und dass es nun meinetwegen zu solchen Unannehmlichkeiten kam.

Es war falsch, ihr davon zu berichten. Wegen des schlecht ausgeführten Auftrags fühlte ich mich bereits miserabel.

Und der Mann war böse auf mich, weil ich zu spät kam und meine Mutter eingeschaltet hatte. Er würde sich mein Gesicht merken und mir nie mehr solche Aufträge geben. Schon gar kein Geschenk. Auch war unklar, ob ich jemals Chips für den Autoskooter kaufen – geschweige denn – damit fahren durfte. Er würde mich während des Schützenfestes bestimmt genauer beobachten als die anderen.

Die Beichte

Der Dorfpfarrer. Seedorn. Einer der alten Schule. Wie überhaupt so vieles in diesem Dorf.

Er wohnte zwischen Kirche und Schulgebäude in seinem Diensthaus.

Ein alter, dicklicher Mann, immer schwarz gekleidet, selbst wenn er seiner viel geliebten Gartenarbeit nachging. Ich fragte mich, ob er auch nachts im Bett dunkel gekleidet sei. Mit einem schwarzen Pyjama!?

Merkwürdig solche Leute. Als ob sie in schwarzer Kleidung geboren wären. Mich machte dieser Gedanke immer sehr traurig. Ich bezweifelte, ob Geistliche jemals lachen könnten.

Meine Mutter sagte: »Aber natürlich können sie lachen, das sind doch Menschen wie du und ich.« Diese Aussage nährte meinen Zweifel. Menschen wie du und ich? Ein Pfarrer dieses Formats? Und überhaupt, warum musste auch dieser für mich wichtige Lehrer so alt sein? Das verstand ich nicht. Nein. Das verstand ich wirklich nicht. Pfarrer Seedorn. Der Mann, der auch für den Kommunions- und Messdienerunterricht zuständig war.

Er war einer der strengsten Menschen, die mir als Kind begegnet sind. Bei den ersten Messen, die ich besuchte und die er zelebrierte, fiel mir das nicht auf. Ich saß als junger Gläubiger in der Kirchenbank und sah ihn während seiner Arbeit nur aus der Entfernung.

Seine Strenge offenbarte sich, als ich am Kommunionsunterricht teilnehmen musste. Der Unterricht fand in einem dafür eingerichteten Kellerraum seines Diensthauses statt.

Der Geistliche lief währenddem immer mit einem Gummiknüppel umher. Anfangs sah ich diesen Knüppel nicht an ihm. Ältere Kinder hatten mir zuvor davon erzählt, so dass ich neugierig guckte, wann ich ihn entdecken würde.

Er trug ihn unter seiner Kutte. Oder war es eine Soutane? Pfarrer Seedorn lief zwischen den Gängen der Bänke hin und her. Fragte einige Schüler nach bestimmten Stellen im Katechismus und wollte die *Zehn Gebote* hören. Weil ich zwei nicht wusste, schlug er mir mit dem Knüppel auf die Finger, die ich ihm entgegenstrecken musste. Das war seine Standardstrafe. War mal ein Kind ungezogen, gab's was auf den Hintern.

Wir Kommunionsschüler hatten alle Respekt vor diesem Gummistock. Das führte bei mir dazu, dass ich das Notwendigste lernte, aber aus Furcht vor Strafen keine weiteren Fragen stellte. Dabei beschäftigten mich einige Fragen sehr.

Der Termin der ersten Beichte rückte näher. Voraussetzung für die heilige Kommunion war die erfolgreiche Teilnahme daran. Das machte mir Angst, denn im Beichtstuhl musste ich Pfarrer Seedorn meine Sünden offenbaren. Diese Vorstellung empfand ich als schlimmer, als bei Lehrerin Vormstein vor der Klasse zu stehen und das Kapitel eines Buches nacherzählen zu müssen.

Während des Aufenthalts in der Beichtkabine, stünde ich nicht nur dem Geistlichen als prüfende Autorität gegenüber, sondern auch Gott. Das heißt: ich kniete ihnen gegenüber.

Was sollte ich tun, um nicht vor Pfarrer Seedorn und vor Gott zu versagen?

Ich dachte daran, meine Sünden aufzuschreiben, um zumindest eine Gedankenstütze im Beichtstuhl zu haben.

Aber auch zu dem Zweck, nicht mit leeren Händen dazustehen. Würde mir Pfarrer Seedorn erlauben, meine Sünden aufzuschreiben?

Und Gott? Oder musste ich sie aus dem Kopf vortragen? Wäre das Mitbringen eines Notizzettels eine Sünde?

Welch eine Blamage! Meine Freunde wiesen eventuell zehn oder gar mehr Sünden auf, aber mir wäre der Atem wie ein Kloß im Hals stecken geblieben, weil mir vor lauter Nervosität im Beichtstuhl – ohne Notizen – nur zwei Sünden eingefallen wären.

Auf die Fragen des Beichtvaters hin, hätte ich nur ein schüchternes Kopfschütteln zu erwidern gehabt.

All das malte ich mir im Vorhinein aus.

Der entscheidende Tag war da. Ich hatte meine Liste gefaltet in der Hosentasche. In den Wochen, seit sie entstand, war sie das Wichtigste, was ich bei mir tragen musste und ich hütete sie wie meinen Augapfel. Diese bewachte Liste, die ich nicht mal meiner Mutter zum Lesen anvertraut hätte und die gleich nach der großen Beichte an einem geheimen Ort vernichtet werden sollte.

Noch am Vormittag versuchte ich, meine Sünden auswendig zu lernen. Bei der vierten Sünde überlegte ich, ob ich sie auf meinem Zettel stehen lassen sollte. Ich hatte nur eine Vermutung.

Weder im Kommunionsunterricht noch woanders traute ich mich, danach zu fragen. Zwar hatte ich immer die Hoffnung, dass ein Mitschüler Pfarrer Seedorn fragen würde und ich dann von der Antwort profitieren könnte, aber das ereignete sich nicht.

Am Freitag vor Weißen Sonntag saßen alle Kinder, die zur Kommunion zugelassen waren und die vorher beichten mussten, auf der Kirchenbank. Ich saß nicht ganz am Ende. Die Enden haben mir nie gefallen. Man ist der Letzte. Die Ersten sind schon im Siegestaumel und man selbst geht nicht darin auf. Eher geht man unter. Denn man sollte sich nie freuen, solange man vor der Ziellinie ist.

Ich saß andächtig im letzten Drittel und beobachtete genau, wie lange meine Vorgänger im Beichtstuhl brauchten.

Dabei schaute ich nach dem Besuch in ihre Gesichter. Einige Kinder schienen erleichtert zu sein. Die meisten jedoch beschäftigten sich hinterher mehr mit sich und ihren Sünden als vorher. Das machte mich unruhig. Was sollte ich tun? Gab es ein Zurück? Einen Ausweg für mich?

Es war so weit. Ich war an der Reihe. Nervös stolperte ich von der Holzunterlage der Kirchenbänke. Zwei, drei Schritte bis zur Beichtkabine, die nahe des Taufbeckens im Dunkel lag.

Was sollte, was musste ich noch mal sagen? Beim Eintreten in den Beichtstuhl? Ich überlegte ...

Hatte mir all das die Sprache verschlagen?

Noch wenige Zentimeter.

Den Mann im Beichtstuhl kannte ich vom Kommunionsunterricht. Hoffentlich war er es auch! Ich hatte ihn heute nicht in den Beichtstuhl gehen sehen. Er musste ihn einige Zeit vor uns betreten haben. Bevor wir Kinder in die Kirche kamen.

Aber natürlich kannte ich ihn! Er wohnte nicht weit von unserem Haus entfernt. Hin und wieder kam er zu Besuch. Meistens bei besonderen Anlässen. Zuletzt zu der Kommunion meiner Schwester. Oder war es die Firmung? Jedenfalls etwas Wichtiges. Etwas, was einen Pfarrerbesuch in einem Nachbarhaus rechtfertigt.

Den Vorhang schob ich zur Seite. Kurz darauf streifte beim Eintreten unvorhergesehen ein Fuß die untere Beichtstuhlkante. Beinahe wäre ich gestolpert. Schemenhaft erkannte ich das Kniebänkchen. Zitternd kniete ich mich hin. Jetzt konnte ich vor Dunkelheit nichts mehr erkennen. Das machte mich nervöser.

Es war nicht hell in dem Teil der Kirche, wo wir auf den Bänken gewartet hatten. Hier im Beichtstuhl war es für mich unvermutet dunkler.

Was durfte, was musste man noch mal sagen – beim Eintritt in den Beichtstuhl?

»Gelobt sei Jesus Christus«, sagte ich verhalten leise.

»In Ewigkeit. Amen!«, wurde mir geantwortet.

Dieser dunkle Beichtstuhl vermittelte mir den Eindruck von Tod und Verderben.

Kein Licht.

Stille.

Modriger Geruch.

Ist es möglich, im Hellen, bei Licht, zu beichten? Sehen Sünden bei Helligkeit anders aus? Gibt es überhaupt Sünder?

Ich schaute durch das gelochte Holz. Noch nie hatte ich einen Beichtstuhl von innen gesehen. Ehrfurchtsvoll ging ich bislang an ihm vorüber. Ich glaubte immer, solange man nicht das Alter eines Sünders erreicht habe, brauche man sich mit dem Beichten nicht zu beschäftigen.

Sünder konnten für mich nur Erwachsene sein.

Kinder nicht.

Jetzt ärgerte ich mich darüber, den Beichtstuhl nicht schon vorher genauer betrachtet zu haben. Das hätte mir geholfen. Früher hatte ich mal beobachtet, dass sich ältere Kinder darin versteckten. Nach der Messe. Ich glaube, es war so eine Art Räuber- und Gendarmspiel.

Viele kirchliche Gegenstände verlieren etwas von ihrer Größe, wenn man sich zu einem weniger feierlichen Zeitpunkt mit ihnen befasst. Sie als Gegenstände begreift. Nicht als Heiligtümer.

Ich machte zunächst ein dunkles violettfarbenes Tuch hinter dem Sieb aus. Meine Augen gewöhnten sich nur langsam an die Dunkelheit. Mein Hals wurde trockener. War jetzt der Zeitpunkt gekommen, wo ich meinen Zettel aus der Tasche ziehen musste und alles vorzutragen hatte?

Pfarrer Seedorn wusste gleich, wer mit ihm in der Kabine weilte. Ich musste erst überlegen, ob es auch wirklich Pfarrer Seedorn war.

War das tatsächlich seine Stimme, die ich vernommen hatte? Mir war schlecht.

Er konnte mich bestimmt genau sehen, denn seine Augen waren an diese Dunkelheit gewöhnt.

Er konnte meine Gesichtszüge studieren, vielleicht sogar meine Pupillen erkennen. An ihnen ablesen, ob ich auch ehrlich beichten würde.

So dachte ich.

Es war wacklig auf dieser kurzen Kniebank. Langsam zog ich den Zettel aus der Tasche. Was nützte er mir jetzt, bei dieser Dunkelheit? Daran hatte ich nicht gedacht. Hätte ich nur vorher den Beichtstuhl genau inspiziert!

Trotzdem nahm ich den Zettel, um mich daran festzuhalten. Wie sollte ich ihn aber fixieren, wenn ich die Hände beim Beichten falten sollte? So wie wir es im Kommunionsunterricht erklärt bekamen? War es eine Sünde, mit ungefalteten Händen zu beichten?

Ich wurde unruhiger. Pfarrer Seedorn wartete auf meine Sünden. Er war stumm. Half mir nicht. Die Handauflage im Beichtstuhl war zu klein, um den Zettel dort zu deponieren. Was sollte ich tun?

Ich hielt das Papier zwischen Daumen und Zeigefinger fest, faltete dann hastig meine Hände und stützte sie an dem kleinen Brett ab. Jetzt versuchte ich Nummer eins zu entziffern. Es war immer noch dunkel. So musste ich versuchen, mich zu erinnern.

Stotternd sagte ich: »Ich war ungehorsam.«

»Zu wem?«, fragte er schnell.

»Zu meinen Eltern«, sagte ich.

Zunächst dachte ich, er ließe mich alle meine Sünden aufzählen. Aber jetzt wurde klar, dass Pfarrer Seedorn Regie führte. Das verunsicherte mich noch mehr.

Was war der nächste Punkt auf dem Zettel?

Langsam wurden meine Pupillen größer, gewöhnten sich an die Dunkelheit. Wenige Wörter konnte ich auf dem Papier erkennen. Hätte ich nur größer geschrieben!

»Ich habe gelogen«, sagte ich.

»Ich habe mich mit meiner Schwester gezankt.«

Ich stockte. Sünde vier. Ich dachte nur: Bring' es eilig hinter dich! Vielleicht läßt er dich schnell wieder raus. Gibt dir nur ein paar *Vaterunser* als Buße. Aber bitte nicht den Kreuzweg! Den konnte ich nicht auswendig. Außerdem gefielen mir die dazugehörigen Bilder nicht an der Kirchenwand.

Ich verstand sie nicht.

Hinzu kam, dass jeder, der mit mir in der Kirche war, sehen konnte, dass ich zu beichten hatte und vom Pfarrer eine Buße auferlegt bekam, denn den Kreuzweg betet man vor den Bildern.

Das *Vaterunser* oder den Rosenkranz konnte man in aller Heimlichkeit abbeten. Vielleicht sogar zu Hause.

Was sollte ich tun?

Ich sagte: »Ich habe Unschamhaftes getan. Ich habe Fliegen gequält. Ich habe ...«, weiter kam ich nicht. Denn bevor ich weitere Sünden nennen konnte, setzte Pfarrer Seedorn fragend nach:

»Wie oft?«

Meine Halsadern schwollen an. Schweiß bildete sich auf meiner Stirn. Welch eine Entblößung! Welch eine Schande! Eine Schande für meine Eltern, den Pfarrer, die Klasse, für die Schule, für meine Lehrerin. Für Gott.

Ich betete zu Gott, er möge mich schnell aus dieser misslichen Lage befreien – mir Antworten geben.

Ja, betete ich wirklich?

Aber ich war doch im Gotteshaus!

Ich beichtete doch Gott meine Sünden!

Dazu war ich hier und ich sollte büßen. Büßen, um

meine Seele rein zu bekommen. Welche Schande.

Meine Hände waren schweißnass. Der Sündenzettel, der vom häufigen Auf- und Zumachen ohnehin zerfleddert war, zeigte an den Knickfalten Risse.

»Wie oft?«, hatte er gefragt. Er erwartete eine Antwort von mir. Ich musste ihm antworten. Jetzt, in diesem Augenblick.

Leise sagte ich: »Dreimal«, obwohl mir die Bedeutung des Wortes unschamhaft nicht klar war. Pause. Es war eine erdrückende Pause. Ich wusste nicht, ob ich mit weiteren Sünden auf meiner Liste fortfahren sollte.

Da fragte er: »Pro Tag oder pro Woche?«

Was sollte ich sagen?

Ich hatte in diesem Moment kein Zeitgefühl für Tage, Wochen, Monate. Die Frage machte mich stumm. Wieder schwiegen wir uns in der Dunkelheit an.

Nach einer Weile sagte ich irritiert: »Dreimal pro Woche.« Dabei spürte ich die Falle, die er mir gestellt hatte. Instinktiv.

Es kam kein Ton. Ich zögerte.

Dann fragte er: »Was hast du noch auf deinem Zettel?«

Meine verkrampft gefalteten Hände lösten sich etwas.

»Ich habe Obst geklaut«, sagte ich. »Ich habe ...« den Rest las ich mit mehr Tempo vor. Dann lauschte ich, was die Stimme auf der anderen Seite zu sagen hatte. Zu mir sagte sie nichts. Pfarrer Seedorn begann etwas zu murmeln. Ich versuchte, ihn zu verstehen. Es gelang mir nicht. Zu mir sprach er auch nicht. Er schaute nach oben, machte ein Kreuzzeichen in die Luft, faltete die Hände, schaute nach unten, schloss die Augen und sagte dann zu mir: »Bete zehnmal das *Vaterunser* und lies auf Seite 354 den Psalm.«

Ich sagte nichts, versuchte aufzustehen, mich daran zu erinnern, was ich sagen muss, bevor ich den Beichtstuhl verlasse. Da sagte Pfarrer Seedorn auch schon: »Gelobt sei Jesus Christus.« Worauf ich automatisch antwortete: »In Ewigkeit. Amen.«, und mich bekreuzigte.

Langsam erhob ich mich, spürte dabei das starke Kribbeln meiner eingeschlafenen Beine, tastete mich mit den Händen zum Ausgang vor, ergriff eine Kante mit der linken Hand, schob mit der rechten den dicken, purpurnen, lichtundurchlässigen Vorhang zur Seite und war schneller draußen, als ich erwarten konnte. Durch die Kirchenfenster kamen wenige Sonnenstrahlen, die ich zuerst wahrnahm. Anschließend schaute ich auf die Bänke, wo noch ein paar meiner Mitschüler auf den Sündablass warteten.

Schweigend suchte ich eine freie Bank, um die anderen nicht zu behindern. Die Zeit im Beichtstuhl schien mir wie eine Ewigkeit.

Musste ich jetzt hier knien oder durfte ich sitzen?

Vaterunser hatte er gesagt. Zehnmal. Und was hatte er noch gesagt? Ich setzte mich gebeugt hin. Irgendeinen Psalm. Was war das für ein Psalm? Das hatten wir im Kommunionsunterricht nicht besprochen. Einen Psalm als Buße? Und die Nummer?

Im Gesangbuch? Im Gebetbuch? Ich überlegte, wollte mich erst mal sammeln. Die Nummer des Psalms fiel mir nicht ein. Und wenn ich nun nicht Buße tun könnte, weil mir die Nummer nicht einfiele? Wäre das dann eine weitere Sünde? Ich wusste es nicht. Ich wusste nur, dass ich Buße tun musste. Und zwar gleich, hier in der Kirche. Meine Mitschüler beachtete ich nicht mehr, so sehr war ich mit mir beschäftigt. Ich stand auf, ging zur

Kirchenbank vorm Beichtstuhl und holte von dort Veronikas Gebetbuch, das sie mir am Morgen geliehen hatte. Dann setzte ich mich wieder hin und blätterte darin. Dreihundert ... dreihundert ... irgendetwas mit dreihundert ... da standen einige Bußen drin.

Sollte ich einen anderen Psalm nehmen?

Ich war verunsichert. Sollte ich Pfarrer Seedorn erneut fragen? Aber wann? Er war jetzt beschäftigt. Ich traute mich nicht.

Vater unser, der du bist im Himmel, geheiligt werde dein Name, dein Reich komme, dein Wille geschehe, wie im Himmel, so auf Erden ...

Wo war der Zettel? Hatte ich ihn verloren? Meine Hand fuhr zitternd in die rechte Hosentasche. Und wenn ihn jemand finden würde? Und darüber spräche? Ein Glück! Da war er! Ob ich ihn bei der nächsten Beichte noch mal benötigen würde? Ob er mehr Sünden trüge als jetzt?

Genügt es, einmal zu beichten?

Wie lange bliebe ich dadurch sündenfrei? Wie lange hält so eine Beichte? Heute war Freitag. Übermorgen sollte meine erste heilige Kommunion sein. Übermorgen. Bis dahin war noch viel Zeit. Zeit, um zu sündigen. Dann dürfte ich nicht das Brot in Empfang nehmen. Einen Anzug hatte ich schon. Dunkelblau. Einen dunkelblauen Anzug. Extra für die Kommunion. Dazu passend eine Schleife. Und schwarze Schuhe.

Ich verließ die Kirche wie betäubt. Regnete es? War es windig? Wo waren meine Freunde?

Ohne mich umzuschauen, ging ich Richtung Schule.

Neben der Schweinestallgarage war eine brachliegende Wiese mit Maulwurfhügeln. Ich suchte in einer Ecke des

Feldes, die von umstehenden Häusern nicht einsehbar war, den größten davon und verteilte die Erde mit einem Fuß. Dann zog ich den Beichtzettel aus der Tasche, zerriss ihn in sehr kleine Stücke und streute die Schnipsel ins Loch. Anschließend häufelte ich die Erde wieder auf.

Die erste heilige Kommunion

Meine Mutter wartete auf mich. Sie war mitten in den Vorbereitungen für Sonntag. »Na?«, fragte sie und sah mir meine Beschäftigung mit mir an. Und wie es ihre Art war, bezog sie mich sogleich in ihre Tätigkeit ein. Ich solle ein Glas Kirschen aus dem Vorratsraum holen, sagte sie. Automatisch drehte ich mich um und ging in die Vorratskammer, die sich neben der Küche befand. Mutter belegte den Tortenboden: »Deinen Anzug habe ich schon gebügelt ...«

Bis jetzt hatte ich ihn erst einmal angehabt. Zur Anprobe im Kaufhaus. Dieser Anzug war ungewohnt für mich. Ich trug vorher nie einen dunkelblauen Anzug mit Schleife. In ihm fühlte ich mich nicht zu Hause. Und eine Kerze gab es auch. Jetzt zog ich ihn erneut an, nahm die Kerze in die rechte Hand, versuchte sie gerade zu halten und ging vorsichtig Richtung Wohnzimmertür. Dabei wackelte der Wachsstab. Wie würde ich mit einer brennenden Kerze gehen? Das hätte ich üben müssen!

Und wie würden die Leute an diesem Festtag auf mich gucken, wenn ein Luftzug plötzlich die Flamme ausbliese?

Fürs Probegehen durfte ich die Kerze nicht anzünden. Das durfte man erst am Kommunionsstag, in der Kirche. Ein verrußter Docht macht Kerzen alt. Er wirkt dann wie eine verbrannte Seele. Am Festtag muss alles neu sein. Meine Mitschüler hätten mich ausgelacht, hätte ich als Einziger eine angebrochene Kerze dabei gehabt.

Weißer Sonntag. Der Tagesablauf war geplant. Mein Onkel und meine Tante waren da, meine Großeltern und noch einige andere Verwandte. Wie lange hält so eine Beichte? Durfte ich überhaupt noch mit Leuten sprechen – bis zur Kommunion?

Die Kirchenglocken hatten früh geläutet und mich geweckt. Wir waren alle sehr aufgeregt. Meine Kleidung lag bereit und meine Mutter half mir beim Anziehen. Sie war bereits festlich gekleidet. Meine Geschwister ebenso. Sie warteten am Tisch in der Küche.

Ich bekam meine Kerze, hielt sie senkrecht in der rechten Hand und verließ als Erster das Haus. Nein, sie brannte immer noch nicht. Sie werde erst dann angezündet, wenn alle Kinder in Reih und Glied stünden, sagte meine Mutter. Im Gotteshaus. Wir gingen zum vereinbarten Treffpunkt. Zwischen dem Kindergarten, den ich nie besucht hatte, und der Kirche.

Die beiden Gebäude waren wenige Meter voneinander entfernt. Ein schmaler Weg führte von hier aus zwischen Kirche und Sieferts Scheune auf die Hauptstraße. Aus dieser Richtung kommend, sah man auf der anderen Straßenseite die Wirtschaft Wilms. Unser Sammelpunkt war in der Nähe des Sakristeieingangs, unweit der verwinkelten Stelle der hinteren Kirchenmauer, an die im Dunkeln Männer pinkelten. Der weiße Verputz zeigte dort von Hüfthöhe abwärts schimmelgrüne Flecken und

Aufwerfungen, die nie zu altern schienen.

Die Tür zum Kindergarten war weit geöffnet. Das erlaubte mir einen flüchtigen Blick in das Innere. Nein, ich wollte jetzt nicht hineingehen. Was sollte ich dort? Einige Kinder befanden sich darin. Sie unterhielten sich aufgeregt mit den Nonnen, die etwas wie eine heilige Ruhe ausströmten.

Meine Mutter sagte, ich brauchte nicht hineinzugehen, ich solle draußen warten, denn es würde nicht mehr lange dauern. Manche Kinder kamen verspätet.

Schön sahen die Mädchen aus, in ihren weißen Kleidchen und den verzierten Ärmelchen. Dazu ein kleines weißes Täschchen. Viele trugen einen Haarkranz. Und natürlich die Kerzen.

Ich wartete darauf, dass jemand meine anzünden würde. Hoffentlich hatte meine Mutter Streichhölzer dabei!

Die Gruppe setzte sich in Bewegung. Ich befand mich im hinteren Drittel und achtete sorgsam darauf, dass die Kerze einigermaßen gerade war. So wie ich es im Wohnzimmer geübt hatte. Jetzt war ich aber nicht mehr allein, sondern musste bei jedem Schritt gucken, dass ich meinem Vordermann nicht an die Fersen trat.

Schon vor der Kirche hörte ich Orgelmusik und erinnerte mich daran, dass Pfarrer Seedorn gesagt hatte, wir kämen in eine laufende Messe. Wir passierten die Kirchentüren und schritten durch den rechten Gang bis vor den Altar. Die Gläubigen sangen stehend. Meine Aufregung erlaubte mir kein Mitsingen. Ich musste mich auf die Kerze konzentrieren. Meine Hände waren schweißnass.

Pastor Seedorn trug ein außergewöhnlich besticktes Gewand, das ich nie zuvor an ihm gesehen hatte. Gemeinsam mit den Messdienern kam er auf uns zu und die Gruppe half jedem einzelnen von uns, seine Kommunionskerze an der brennenden Osterkerze anzuzünden.

Jetzt war es also soweit! Meine Kommunionskerze brannte. Allerdings musste ich nun in einer Reihe mit den anderen warten, bis alle Kerzen angezündet waren.

Sorgsam achtete ich darauf, dass nicht einerseits das flüssige Kerzenwachs auf Hand oder Anzugärmel tropfte, andererseits, dass ich die Kerze gerade hielt. Ich hatte meine Not mit diesem langen Stab, denn ein Luftzug könnte seine Flamme ausblasen. Die vorm Altar hin- und herlaufenden Menschen machten viel Wind, bemerkte ich erschreckt. Daran hatte ich nicht gedacht und das hatte mir niemand zuvor gesagt.

Dürfte ich Gott in mir aufnehmen, wenn ich ohne dieses Licht die Zeremonie feierte? Ich wollte nicht das einzige Kind sein, das plötzlich ohne Kerzenlicht dastand. Wie würde das aussehen? Später würde es dann heißen: »Hihi, guck mal der da! Dem ging die Kerze aus!«

Nachdem alle Kerzen brannten, gingen wir zu einem hüfthohen Gestell, in die sie von den Messdienern gesteckt wurden. Meine Flamme brannte weiter und – soweit ich sehen konnte – die der anderen Kinder auch.

Die Mädchen setzten sich auf die linken Bankreihen. Wir Jungen auf die rechten. Andächtig sprach Pfarrer Seedorn vom Altar aus zu uns.

Irgendwann schritten wir nach vorne und knieten uns der Reihe nach auf die Kommunionsbänke vorm Altarchor.

»Der Leib Christi.«

»Amen.«

Und dass du einkehrst unter mein Dach. Etwas durchströmte mit enormer Kraft meinen gesamten Körper. Meine Knie begannen zu zittern und es jagte mir durch den Kopf, ob ich alles richtig gebeichtet hätte. Wie hatte Pfarrer Seedorn im Kommunionsunterricht gesagt?: »Die Erbsünde hat jeder Mensch von Geburt an.« Und man könne nicht davon loskommen. Niemand könne von ihr befreit werden. Nicht mal durch das Beichten. Auch nicht durch viele Beichten.

Demnach war ich trotz Beichte ein Sünder und dürfte Gott nicht unter mein Dach lassen? Musste ich nun sterben? Was passierte mit mir? Würde ich bei der nächsten Beichte all die Zweifel zu beichten haben?

Während ich zurückging zu meinem Platz in der Bank, merkte ich nicht, wie die Erwachsenen, die sich die ganze Zeit im mittleren Teil der Kirche aufgehalten hatten, langsam nach vorne strömten und das heilige Brot in Empfang nahmen.

Ich kniete mich hin, so wie ich es vor diesem Tag bei älteren Menschen beobachtet hatte. Die Ellbogen am vorderen Bankteil aufgestützt, mein Gesicht in die Handinnenflächen gelegt. Erst jetzt spürte ich, dass die trockene Hostie an meinem Gaumen klebte, was mir unangenehm war. Ich musste mehr Speichel erzeugen, um sie von ihm zu lösen.

Die kirchliche Zeremonie war für mich zu feierlich, um den Mut zu haben, zwischen den Fingern hindurchzublinzeln, um mitzubekommen, was bei der Brotgabe vor sich ging. Geräusche nahm ich wahr. Leises Räuspern, gelegentlich einen Windzug. Meine Ohren täuschten mich nicht. Noch immer war der Pastor dabei, das Brot, Jesus Christus, zu verteilen. Ich schwitzte, mir war vor Nervosität unangenehm warm. Mein neuer Anzug nahm mich gefangen. Man würde mich beobachten. Innen Gott, außen die Gläubigen. Wann durfte ich wieder gucken? Wo war Fräulein Vormstein, meine Klassenlehrerin und Nachbarin? Wo waren Dannbachs? Und Ninks?

Mein Vater spielte die Orgel. Musste er von der Empore herunterkommen und auch den Leib Christi holen? Wer würde ihn dann vertreten? Durfte er die Orgel verlassen? Wo war meine Mutter? Meine Geschwister?

Die Hostie hatte sich zum Glück langsam aufgelöst, so dass ich den Brei behutsam schlucken konnte. Jetzt war der Zeitpunkt gekommen, mein Gesicht aus den mit meinen Händen gebildeten Halbschalen zu heben. Ein leichter, kühler Hauch durchfuhr den Zwischenraum. Nun spürte ich, wie nass mein Gesicht war. Ich verharrte einen Moment in dieser Position, um es trocken werden zu lassen, bevor es mir dann möglich war, meine Banknachbarn zur Rechten und Linken ausfindig zu machen. Tobias kniete nicht mehr. Er saß rechts von mir auf der Bank. Das hätte ich mir denken können. Für mich war er ein Draufgänger, der den Leib Christi bestimmt schnell zerkaut und dann hinunter geschluckt hatte. Was verboten ist. Den Leib Christi darf man nicht kauen. Im Kommunionsunterricht hatte uns Pfarrer Seedorn gesagt, dass man ihn zart im Mund auflöst und dann andächtig schluckt. Aber niemals zerkaut!

Tobias grinste verschmitzt, als er merkte, dass ich ihn aus meinen Augenwinkeln heraus beobachtete. Währenddem drehte ich meinen Kopf nur leicht, denn durch eine stärkere und ruckartigere Bewegung hätte ich die Aufmerksamkeit der hinter mir knienden und sitzenden Gläubigen auf mich gezogen. Tobias schien zu ahnen, dass mich meine Angst so handeln ließ.

Es war schwer für mich, etwas vor ihm zu verbergen. Ich blieb aus Ehrfurcht vor Gott ernst. An diesem Ort war mir nicht nach Späßen. Der Pfarrer konnte uns genau sehen. Hier in der ersten Bankreihe. Zu meiner Linken befand sich Jürgen. Ein für sein Alter stämmiger Junge, mit dem ich die Schulbank teilte. Er hatte sein Gesicht noch in seine Hände gebettet und betete.

Ich stützte nun meine jetzt rundgefalteten Hände – Flachfaltung war in unserer Familie nicht üblich – auf die Kante der Bank auf. Kniend beobachtete ich das Geschehen. Die Schlange der Gläubigen löste sich vorm Altarchor auf. Nachdem ich das Gefühl hatte, dass die meisten Kirchenbesucher saßen, setzte ich mich auch hin.

Dann bedeuteten uns Messdiener, unsere Kerzen vom Gestell zu holen. Meine hatte einen Papierkranz mit blau-gelben Linien, den ich mir gemerkt hatte. Erneut standen wir in Reih und Glied. Mit den brennenden Kerzen in der Hand.

Orgelmusik erklang. Die Gläubigen erhoben sich zum Schlussgesang und wir wurden von Pfarrer Seedorn und seinen Messdienern zum Ausgang geführt. Wieder musste ich auf die Flamme achten, die auf keinen Fall in der Kirche erlöschen durfte.

Sobald wir ins Freie getreten waren und uns die ersten Sonnenstrahlen trafen, fingen die meisten an zu reden. Ich fragte meine Mutter, ob ich die Kerze nun ausmachen dürfe. Sie nickte. Ich pustete und gab sie ihr.

Es war vorbei. Ein ganzes Jahr der Vorbereitung hatte nun seinen Höhepunkt erreicht.

Ich atmete erleichtert auf.

Einige schüttelten sich die Hände. Die meisten Eltern gratulierten den Freunden ihrer Kinder. Dies dauerte nur kurz. Schnell verabschiedeten wir uns und gingen nach Hause.

Dort gab es ein festliches Mahl mit Bratwurst im Schlafrock, Waldmeisterpudding als Dessert und der belegten Kirschtorte mit Sahne für den Nachmittag. Zuvor jedoch bekam ich von meinem Opa ein Gesangbuch mit goldener Widmung geschenkt. Von meiner Oma einen Rosenkranz.

Mein Patenonkel schenkte mir eine goldfarbene Armbanduhr Marke *Stowa* – 17 Rubis, Antischock – mit großem Sekundenzeiger und meine Patentante ein Kuvert, in dem sich fünfzig Mark befanden.

Dafür bedankte ich mich bei allen.

Nachdem ich das Gesangbuch angeschaut hatte, versuchte ich, die erste Armbanduhr meines Lebens umzubinden. Für mich war das eine Sensation. Die Uhr war schon aufgezogen, tickte und die Uhrzeit stimmte mit der aktuellen überein.

An den folgenden Sonntagen ging ich immer zur heiligen Kommunion. Ich achtete streng darauf, dass ich gebeichtet hatte. Dass meine Seele rein war und ich kein sündiger Junge war, wenn ich Christus einkehren ließ. Wie lange war ich nach einer Beichte sündenfrei?

War nicht der Gedanke an die Erbsünde eine Sünde?

Immer wieder stellte ich mir diese Fragen. Ich fragte Freunde – erhielt aber keine passenden Antworten.

Musste ich sogleich beichten, wenn ich der Lehrerin sagte, ich hätte meine Hausaufgabenhefte zu Hause vergessen? Die Wahrheit aber war, dass ich die Rechenaufgaben nicht gemacht hatte?

Vor der ersten heiligen Kommunion ängstigte mich, dass eine Lehrerin mich durchschaut und bestraft.

Jetzt kam zur Lehrerautorität die des Pfarrers und Gottes hinzu. Würde Pfarrer Seedorn mir Hausaufgabensünden erlassen? Welche Buße bekäme ich? Durfte Christus danach unter mein Dach?

Was wäre, wenn ich eine falsche Sünde beichtete? Wäre das wieder eine Sünde? Wer bestimmt, was eine Sünde ist?

Eine Lehrerin ahndete nicht gemachte Hausaufgaben mit Strafarbeiten. Damit wäre Buße genug getan. Nach der ersten heiligen Kommunion war ich zusätzlich dazu gezwungen, diesen Ungehorsam dem Pfarrer zu beichten. Zu der Strafarbeit kam eine Buße. Erst dann durfte ich den Leib Christi annehmen.

Der Dorfpfarrer war für mich in seiner geistlichen Autorität allwissend. Mehr als ein Lehrer. Denn der Pfarrer war aufgrund seines Berufs mit Gott verbunden. Mit jeder Erstkommunion wurde die Schar der Menschen größer, die ihm geheimste und intimste Details anvertrauten. Jeder im Dorf, der zum ersten Mal den Leib Christi empfangen hatte, gehörte von da ab zur Gruppe der Sünder.

Nur der Pfarrer selbst offenbarte seine Sünden keinem Menschen im Dorf. Konnte ein Pfarrer überhaupt sündigen? War er nicht von klein an geschützt? Hatte er nicht eine Generalbeichte, die für immer und ewig gilt, abgelegt?

Ich fragte meine Mutter danach. Sie sagte, dass selbst Pfarrer manchmal beichten würden. »Aber wo denn?«, wollte ich wissen, »es gibt bei uns doch nur ihn selbst!«

»Er beichtet in einem anderen Ort. Bei einem seiner

Kollegen«, sagte sie. Sofort stellte ich mir das Bild vor, wie Pfarrer Seedorn in schwarzer Kleidung in einer Kirchenbank gemeinsam mit anderen Sündern darauf wartet, Einlass zu bekommen. Das Sünderabteil des Beichtstuhls betritt und darin niederkniet. Jedoch würden andere Gläubige, die sich währenddem in der Kirche aufhielten, sehen, dass ein Pfarrer gesündigt hätte, da er den Beichtstuhl beträte. Das würde seine klerikale Autorität in Frage stellen.

Jedenfalls beichteten Pastöre auch. Und tatsächlich. Es gab Tage, da verließ unser Pfarrer für einen Nachmittag mit dem Bus das Dorf und kam erst spät abends zurück. Dann fuhr er offenbar zur Beichte.

Ob er seinem Beichtvater über die Sünden berichtete, die er von seinen Schäfchen gehört hatte? Aber das durfte er nicht. Das hatten wir im Kommunionsunterricht gelernt. Kein Pastor durfte über gehörte Sünden sprechen. Er musste sie für sich behalten. Nur mit Gott sprach er in Gedanken darüber. Mit ihm sprach er auch über die Buße. Die Buße, die ein Mensch tun musste.

Wie würde sich aber ein Priester verhalten, so fragten wir Pfarrer Seedorn im Kommunionsunterricht, wenn ein Verbrecher beichtete, er habe jemanden getötet?

Dürfte der Pfarrer nicht darüber sprechen?

Auch nicht mit der Polizei?

»Nein. Auch nicht mit der Polizei«, antwortete uns der Geistliche. Er könne aber dem Mörder raten, ein Geständnis abzulegen, denn mit dieser schweren Sünde, die eine Todsünde sei, würde er nicht leben können. Sie würde ihn quälen und bis an sein Lebensende verfolgen.

So lernten wir im Unterricht, dass der sündige Mensch sogar Sehnsucht danach verspüre, bestraft zu werden, damit sein Gewissen entlastet sei. Mörder kämen aber nicht in den Himmel. Das lernten wir auch. Eine so schwere Tat könne man zudem nicht mit einer einfachen Buße wieder aufheben. Während wir darüber redeten, strahlte der Pfarrer für mich Erhabenheit aus. Er war der einzige Mensch im Ort, von dem ich dachte, dass jeder Dorfbewohner ihm ab dem neunten Lebensjahr seine Sünden anvertrauen müsse. Bei diesem Gedanken wurde ich unruhig, denn ich fühlte mich aufgrund des Kommunionsunterrichtes verpflichtet, ihm meine intimsten Geheimnisse anvertrauen zu müssen.

Dadurch war er für mich ein Allwissender. Wie viele Kinder hatten bei ihm schon gebeichtet? Wie viele Erwachsene? Von jedem kannte er die Sünden!

Begegnete ich dem schwarz gekleideten Pfarrer auf der Straße, grüßte ich ihn höflich-schüchtern und lief schnell an ihm vorüber. Gleichzeitig dachte ich an meine Sünden, die ich ihm in meiner kindlichen Jungenhaftigkeit zwangsläufig habe anvertrauen müssen. Was blieb mir übrig? Jeder musste zur Kommunion. Das war wie ein Gesetz. Alle taten es. Ich auch.

Dass es aber Kinder und Erwachsene im Dorf gab, die nicht zur Kommunion gingen, merkte ich erst später, als ein Freund meines Bruders einmal zu Besuch war. Der Freund war evangelisch. Protestanten gingen nicht zur Kommunion. Sie hatten Konfirmation. Das Wort kannte ich nicht. Ich fragte meine Mutter. Das sei so etwas ähnliches, sagte sie.

Manchmal gestattete unser katholischer Pfarrer den evangelischen Gläubigen, unsere Kirche zu benutzen. Ein Gotteshaus hatten nur wir. Wir waren die mit der Kirche. Die Protestanten besaßen keine.

Der neue Pfarrer

Als ich neuneinhalb Jahre alt war, kam ein jüngerer Pfarrer ins Dorf. Er sollte Pfarrer Seedorn ablösen. Ich fragte meine Mutter, warum der alte Pastor ginge und nicht im Dorf bliebe.

Er habe so viele Jahre hier gelebt.

Sie sagte, er sei alt und würde nicht mehr als Pfarrer arbeiten. Außerdem sei er nicht aus unserer Gegend, sondern aus einer Stadt. Damals wurde er vom Bischof unserer Gemeinde zugeteilt. Jetzt, da er aus Altersgründen nicht mehr tätig sein müsse, habe er den Wunsch, in seinem Heimatort zu leben. Pfarrer Seedorn sah ich während einer Fronleichnamsprozession das letzte Mal arbeiten.

In den Tagen davor sammelte meine Mutter gemeinsam mit Schulmädchen und Frauen aus dem Dorf Gräser und Blüten von umliegenden Wiesen. Körbe wurden in den Schulkeller getragen, die dortigen Badewannen mit Wasser gefüllt. Die Sammlung sollte einige Tage frisch bleiben.

Früher dienten die Wannen als öffentliches Bad, als die Dorfhäuser keine Badewannen hatten. Das musste lange her sein, denn jetzt warteten dicke Spinnen halb versteckt am Ausguss auf Beute. Zudem fehlten Vorhänge. Bei Bundesjugendspielen oder Fußballturnieren wurden die Wannen manchmal benutzt.

An der Rückseite der Schule war ein Teil der Bruchsteinwand fensterlos. Hier wurde Sägemehl aufgehäufelt und später verteilt. Wie ein goldfarbener Teppich lag es da. Ein Holzaltar wurde aufgebaut, die Gräser und Blüten zu einem Ornament verbunden.

Bei der Prozession musste ich mitlaufen. Mein Vater aber nicht. Ich weiß nicht, wo er war. Der Himmel war bedeckt, als sich der Zug an der Kirche in Gang setzte. Ich befand mich im hinteren Drittel. Pfarrer Seedorn lief mit der Monstranz unterm Baldachin her. Vier kräftige Messdiener trugen ihn und mussten aufpassen, dass Pastor Seedorn in seiner Mitte war. Wir besuchten verschiedene Stationen, darunter einige Bildstöcke im Wald. Es begann zu regnen. Der Pfarrer und seine Messdiener ließen sich dadurch nicht stören.

Der Regen beschleunigte mein Gehen. Ich hatte keine Regenkleidung dabei. Die meisten anderen Gläubigen auch nicht. Langsam näherte ich mich dem Baldachin. Das Tuch wurde nasser. Und schwerer. Die Messdiener stemmten die Stäbe jetzt mit mehr Kraft nach oben. Dann sah ich, dass das Tuch in der Mitte eine Vertiefung gebildet hatte. An der Baldachinbeule sammelte sich das Wasser, das durchs Tuch kam und auf Pfarrer Seedorns Glatze zu kleinen Partikeln zerstieb. Er ließ sich jedoch nichts anmerken und machte seine Arbeit.

An dem Tag, als ich erfuhr, dass er geht, war mir unwohl, denn Pastor Seedorn nähme alle meine Sünden mit. Er kannte alle meine Sünden. Schließlich war ich es, der sie ihm anvertraute. Diesem beleibten Pfarrer. Diesem Mann, der andere Männer kritisierte, die während seiner Predigt in Kneipen gingen und vor Ende des Gottesdienstes zurückkamen. Der sich während der Predigt darüber beschwerte, dass manche Männer an die Kirchenmauer pinkelten.

Er kannte von mir Intimeres als meine Eltern kannten. Wie sehr musste ich mich dazu überwinden, ihm zu sagen, dass ich unschamhaft gewesen war? »Wie oft?«, hatte er wissen wollen.

Wen hätte ich um die Bedeutung dieses Wortes fragen können?

Unschamhaftigkeit?

Wer hätte es mir erklären können?

Mir schwebte vor, dass es etwas sein musste, vor dem sich jeder Erwachsene drückt, es vernünftig zu erklären. Ich las wiederholt in der Kommunionsfibel – fand aber nichts über Unschamhaftigkeit. Meine Freunde mochte ich aus Schüchternheit nicht fragen. Allerdings hatte ich einmal auf dem Schulhof aufgeschnappt, dass es wohl verbotene Spiele mit dem Piephahn seien.

Der Pfarrerwechsel brachte Unruhe ins Dorf, denn jeder war neugierig auf Pfarrer Nahberg, so dass zahlreiche Fragen an den alten verstummten.

Von nun an zelebrierte der Neue die Messen, der auch das Diensthaus des alten Pfarrers bezog. Er war wesentlich jünger als Pfarrer Seedorn, hatte keine Glatze und einen flapsig-forschen Gang. Auch er trug ständig schwarze Kleidung, aber wenn man die wegblendete, hätte er wie ein Taxifahrer oder Bankangestellter ausgesehen. Bei Pfarrer Seedorn wäre das nicht der Fall gewesen.

Ein neuer und unfrommer Habitus für mich. Deswegen war ich in meinen Beichtvorbereitungen weniger streng. Im Beichtstuhl konnte aber auch er andächtig-autoritär sprechen. Das irritierte mich.

Nach der Erstkommunion erreichte ich das Alter, um am Messdienerunterricht teilzunehmen. Das heißt, meine Eltern schickten mich dorthin. Das machen alle katholischen Jungs im Dorf, sagten sie. Und ich glaubte ihnen.

Mein älterer Bruder war Messdiener.

Ich sah ihn manchmal im Messgewand während der Messe. Nur in letzter Zeit nicht. Er hatte eine schwere Krankheit bekommen, die weder wir noch Ärzte einzuschätzen wussten.

Einmal pro Woche fand der Unterricht statt. Pastor Nahberg empfing uns zum ersten Treffen in der Sakristei. Wir sollten ihm zeigen, dass wir uns hinknien konnten, ohne zu wackeln. Genauso ruhig sollten wir wieder hochkommen. Einige waren etwas unsicher, aber bei den meisten gelang die Übung.

Wir hörten ihm gespannt zu, wenn er erzählte. Während des Unterrichts war er behänder als Pfarrer Seedorn und deswegen stellten wir mehr Fragen als früher.

Aber zum Thema Unschamhaftigkeit mochte ich auch ihn nicht fragen.

Der Neue zeigte uns das Innere der Sakristei, führte uns durch die Kirche und ließ uns am Altar verweilen. Jeder durfte sich dahinter stellen, so, wie ein Pfarrer während der Messe stand. Hinterm Altar fühlte ich mich nicht so demütig wie im Zuschauerraum.

Während einer anderen Messdienerstunde hatte Pastor Nahberg einen Aufrechtenkalender dabei. Das Wort hatte ich noch nie gehört. Ich konnte mir nicht vorstellen, was damit gemeint war. Der Pastor sagte, es bedeute, das jemand ehrlich sei. Vor allem sich selbst gegenüber. Das verstand ich nicht.

Er sagte, es sei ein Unterschied, ob jemand in den Augen der Eltern ehrlich sei, oder ob jemand für sich selbst weiß, dass er nichts Unrechtes denke oder tue.

Ich blätterte in diesem Taschenkalender. Es waren lustige Zeichnungen darin. Kurze Geschichten über Messdiener. Zum Teil mit Fotos. Auf einem Foto hingen sie an einem Glockenseil und zogen daran. Fünf Messdiener in Gewändern, die an einem Glockenseil hingen! Sie schwebten in der Luft und lachten dabei. Da dachte ich: Darf man denn in der Kirche lachen? Das ist ein heiliger Ort! Wieso lachen sie? Das ist eine Sünde! Sie müssen sofort beichten! Auf jeden Fall, bevor sie das heilige Brot bekämen!

Ich blätterte weiter. Auf einer anderen Seite waren Jungen abgebildet, die Zigaretten rauchten. Mein Nachbar stieß mir in die Rippen. Ich solle nicht so lange gucken, der Unterricht wäre bald vorbei und er wolle den Kalender auch noch sehen. Ich gab ihn weiter.

Die Glocken durfte ich nie läuten. Das durften nur ältere Messdiener. Wie mein Bruder zum Beispiel. Als er noch gesund war.

Es gab einen Nachmittag im Sommer, als uns der Gottesvertreter nach dem Ministrantenunterricht aus Liebe in seinen Garten ließ, der zum Diensthaus gehörte. Wir durften Erdbeeren pflücken, was Pfarrer Seedorn uns nie erlaubt hätte.

Mit dem Hinweis, wir sollten nur die reifen Beeren aussuchen, entließ uns Pastor Nahberg und ging ins Haus.

Wir pflückten und aßen. Immerhin bekamen wir die Erdbeeren geschenkt! Also stopften wir sie hastig in uns. Nach einiger Zeit hatten wir volle Bäuche und gingen nach Hause. Es hatte ausgezeichnet geschmeckt. Noch nie zuvor hatte ich Gelegenheit gehabt, Erdbeeren frisch von den Sträuchern zu essen.

Am nächsten Morgen war Schulmesse. Alle katholischen Kinder, die in dieselbe Schule im Ort gingen, waren anwesend. Mein Vater war krank, deswegen hörten wir keine Orgelmusik. Pfarrer Nahberg und die Betschwestern stimmten Lieder an und trieben damit die Gläubigen durch die Messe. Ohne Orgelmusik war es traurig. Ich saß in einer der mittleren Reihen.

Während der Wandlung, wir knieten alle, spürte ich ein Rumoren im Magen. Kurz darauf strömten Gase in meine Speiseröhre. Mehrmals schluckte ich reflexartig, in der Hoffnung, dass sich etwas bessern würde. Ich versuchte, mich auf den Gottesdienst zu konzentrieren. Auf das andächtige Knien während der Wandlung. Hin und wieder schien es, als beruhige sich mein Magen. Jetzt, während der Pfarrer Wasser zu Wein und Brot zum Leib Christi wandelte, aufzustehen und aus der Kirche zu gehen, traute ich mich nicht. Ich hatte noch nie einen Gottesdienst verlassen.

Ich war zu schüchtern. Alle hätten mich angeschaut. Der Pfarrer zuerst, die Nonnen, die alten Mütterchen, die bei jedem Gottesdienst in der Kirche waren und jeden und alles kannten.

Zudem die Kinder. Die großen und die kleinen.

Meine Lehrer.

Plötzlich konnte ich nicht mehr an mich halten. Ich spie unverdaute Essensreste auf Sitz- und Kniebank sowie meinem knienden Vordermann auf Waden und Schuhe.

Mein Gesicht wurde heiß und kurz darauf wurde mir schwindelig. Sofort schauten die Gläubigen in meiner Bankreihe zu mir.

Die, die vorne saßen, drehten sich trotz heiliger Wand-

lung um. Meinem befleckten Vordermann stieß Abscheu
aus den Augen.

Mein Anorak war völlig verschmiert. Verschmiert mit
Ausbruch. Ich ekelte mich, fror und zitterte vor Scham.
Meine Knienachbarn wichen zur Seite, schauten verdutzt
und irritiert zugleich. Ich wollte die Bank nicht verlassen. Starr vor Angst harrte ich aus, denn am Altar wurde
von Pfarrer Nahberg der gesegnete Leib Christi hoch-
gehalten.

Eine Schwester kam herbei und flüsterte am Bankende,
ich solle aufstehen, nach Hause gehen und mich umziehen. Sie wollte mir Mut machen. Nachbarn stimmten
leise ein. Fragend schaute ich sie an. Wer würde das
Erbrochene wegwischen? Würde Pfarrer Nahberg die
Messe unterbrechen müssen? Was würde mein Vordermann machen? Er war schmutzig. Musste auch er nach
Hause gehen? War das eine Sünde, im Gotteshaus zu
brechen?

Die Kotze stank.

Verstört verließ ich die Sitzbank, bog, ohne einen
Blick auf den Pfarrer zu werfen, der der Gemeinde zugewandt war, in den Gang Richtung Haupttür und
schlich mit gesenktem Kopf hinaus. Dabei spürte ich die
Blicke der Gläubigen auf mir.

Nichts an mir berührte ich.

Nicht einmal, als ich draußen war, zog ich den Anorak
aus. Ich bog in den alten Schulweg ein.

Auch hier fühlte ich mich beobachtet. Rechts und links
waren Häuser. Deswegen ließ ich meinen Kopf gesenkt.
Aber ich hatte keine Schlüssel! Wie sollte ich in die
Wohnung kommen?

Ich dachte an die strafenden Blicke meines Vaters. Ob

er zu Hause war? Oder bei einem Arzt?

Er wusste, dass jetzt Schulmesse war. Und ich würde ihr fernbleiben? Zum Glück hatte ich durch mein Aussehen eine Legitimation, nach Hause zu gehen. Sonst hätte er sicher gesagt: »Nur weil einem ein bisschen schlecht ist, bleibt man nicht der Kirche fern.«

Zwangsläufig klingelte ich. Warten. Nach einer Weile machte mir mein Vater die Tür auf. Mich überraschte, dass er zu Hause war. Er war allein. Sein Gesicht war aufgedunsen. Er schaute mich an. Mir fielen erst jetzt seine gelblich verfärbten Augen auf. »Was ist passiert...?, zieh am besten die Sachen aus. Wasch' dich und zieh' was Neues an«, sagte er. Er roch nach Schnaps.

Ich befürchtete zuerst, er würde mich nach dem Umziehen zurückschicken. Doch das wäre eine für mich noch größere Blamage gewesen: nach der Wandlung erneut in die laufende Messe zu gehen und so zu tun, als sei nichts geschehen. Außerdem wusste ich nicht, ob mein Erbrochenes noch auf den Bänken war. Ich wollte nicht zurückkehren. Mir war hundeelend und ich wusste nicht, ob noch Nachschub anstand.

Ich zog meine Kleidung aus, wusch mich und zog etwas Frisches an. Mir war eiskalt. Ich fürchtete, dass mein Vater sagt: »So, jetzt hast du dich gewaschen und umgezogen. Jetzt geh' zur Schule.«

Ich spürte, dass er mich schicken wollte. Deswegen sagte ich, dass ich mich nicht gut fühle und zu Hause bleiben wolle. Ich sei schwach. Meine tiefe Scham schien er nicht zu bemerken.

An diesem Tag hätte ich mich nicht mehr auf den Unterricht konzentrieren können. Ich wusste nicht, ob dass am nächsten Tag ginge, denn ich fürchtete, von meinen

Schulkameraden gehänselt zu werden. Aber dieser freie Tag nützte mir nichts, um ihren Anfeindungen zu entkommen. Am darauf folgenden Schultag sagten sie, es sei »der Duft der großen weiten Welt gewesen.«

Der Duft der großen weiten Welt.

Wäre doch nur das Wochenende dazwischen gewesen. Wie sehr hatte ich mir das gewünscht. Kinder entkommen Kindern nicht. Höchstens, wenn man den Wohnort wechselt.

Vor Fräulein Vormstein schämte ich mich auch.

In der großen Pause nahm sie mich beiseite und sagte leise zu mir, ich solle beim nächsten Mal, wenn ich so etwas verspürte, vorzeitig die Kirche verlassen. Wie kann man nur in die Kirche kotzen? Welche Gotteslästerung!

Manchmal machte noch der Satz vom *Duft der großen weiten Welt* die Runde. Erdbeeren gab's für mich nicht mehr zu essen. Ob es daran lag, wusste niemand. Es war nur eine Vermutung meiner Eltern.

Der verbotene Baum

Auf dem Nachhauseweg ging ich über die schmale asphaltierte Straße zwischen Kirche und Schule. Auf Höhe des Stegs, der nahe des Pfarrhauses über den Bach führte, entdeckte ich zum ersten Mal reife Haselnüsse am Baum. Ich blieb auf der kleinen Brücke stehen und schaute mir die Früchte fasziniert an.

Haselnüsse kannte ich vom Weihnachtsteller. Die waren braun. Diese hier waren grün und hatten Blätter. Mir war nicht klar, ob die Haselnüsse vom Weihnachtsteller geröstet waren und erst dadurch genießbar wurden. Oder, ob ich diese Nüsse vom Baum essen könnte. Ob sie reif genug wären. Ich dachte an die Erdbeeren von damals.

Einige Haselnüsse hingen über das Grundstück herüber. Irgendjemand hatte mir einmal gesagt, dass man die Früchte nehmen dürfe, die über ein Grundstück herüberhingen. Das sei kein Diebstahl.

Ich kletterte auf die hüfthohe Steinmauer der Brücke, um mir die Haselnüsse aus der Nähe anzuschauen. Als ich oben war, bemerkte ich, dass der Baum auf dem Grundstück des Pfarrhauses stand. Dann fiel mir ein, dass Pfarrer Nahberg zu Hause sein und mich sehen könnte.

Das siebte Gebot lautet: *Du sollst nicht stehlen*!

Vielleicht galt das nicht für diese Früchte, die über die Grundstücksgrenze herüberhingen?

Ich suchte Schutz hinter Blättern und Ästen. Da der Baum in der verlängerten Achse der Hausecke stand, wäre es für Pfarrer Nahberg schwierig gewesen, mich zu entdecken. Beim Hinauslehnen aus dem Fenster hätte ich ihn gesehen und sofort die Flucht ergriffen. Seine Haushälterin war nicht da. Ich sah sie zuvor Richtung Friedhof gehen.

Bei Pfarrer Seedorn hätte ich mir nie erlaubt, auf die Steinmauer zu klettern und Haselnüsse anzusehen. Pfarrer Nahberg jedoch schien mehr Verständnis zu haben, da er uns in seinem Garten Erdbeeren pflücken ließ.

Während ich über die *Zehn Gebote* nachdachte, betrachtete ich die Haselnüsse. Berührte eine Frucht und überlegte, ob man sie essen könne.

Erst jetzt fiel mir ein, dass Pastor Nahberg aus dem Haus kommen könnte. Dank des Heckenbewuchses war ich geschützt, und er könnte mich erst nach Verlassen des Grundstücks ertappen.

Aber vielleicht ruhte er sich aus. Von der anstrengenden Kirchenarbeit.

Mein Wunsch, Haselnüsse zu pflücken und zu probieren, verstärkte sich. Ich nahm einen Zweig in die eine Hand und berührte mit der anderen eine Haselnuss. Ob sie reif war? Gott hatte mich schon einmal mit unreifen Früchten bestraft, obwohl sie uns sein Vertreter schenkte. Vielleicht hat Gott mich damals bestrafen wollen? Hatte ich vor dem Erdbeerenessen richtig gebeichtet? Oder beim Beichten einen Fehler gemacht? Wurde ich deswegen bestraft?

Ich dachte an meine Bußen.

Der Haselnusszweig ragte über Zaun und Brückengeländer. Mit einem Griff zog ich drei Haselnüsse vom Zweig und ließ ihn los.

Jetzt wollte ich von der Mauer springen. In diesem Moment kam Pfarrer Nahberg aus der Sakristei und sah mich. Schnell warf ich die Haselnüsse in den Bach und sprang von der Steinmauer. Hoffentlich gingen die Nüsse unter. Aber es war zu spät. Er musste mich für einen Moment dabei beobachtet haben. Wie angewurzelt blieb ich stehen. Ich traute mich nicht, die Flucht zu ergreifen. Schnellen Schrittes kam er näher.

»Ich wollte nur mal gucken«, sagte ich verstört. »Ich habe nichts mitgenommen.«

»*Du sollst nicht stehlen!*, lautet das siebte Gebot«, sagte er.

Ich schämte mich sehr und blickte zu Boden.

»Geh' jetzt nach Hause.«

Ich beschäftigte mich lange mit diesem Vorfall. Vor allem damit, ob ich ihn bei Pfarrer Nahberg beichten solle. Aber wieso eigentlich? Ihm müsste ich das nicht beichten. Er hatte mich beobachtet. Man beichtete nur Sünden, die der Pfarrer nicht gesehen hatte.

Trotzdem beichtete ich ihm in der Woche darauf, dass ich Haselnüsse aus seinem Garten stahl.

Bärbel

Mit ihr spielte ich in der kleinen Sägemehlkuhle. Sie hatte keine Stein- oder Holzumrandung und befand sich seitlich der Schule, wenige Meter von der Freitreppe entfernt. Bärbel war in meiner Klasse. Ich mochte sie.

Sie vermittelte etwas Ruhiges, das mir gefiel. Wir hatten uns für diesen Nachmittag an der Kuhle verabredet. Es war das erste Mal, dass ich außerhalb des Unterrichts ein Mädchen traf – zum Spielen.

Ich war voller Glück, dass sie von ihrer Mutter die Erlaubnis bekommen hatte, mich zu sehen. Es war ein warmer Frühherbsttag und wir genossen die unteilbare Freude. Niemand unserer gemeinsamen Freunde störte uns dabei und das war gut so. Wir dachten nicht daran, etwas mit unseren Spielkameraden zu unternehmen.

Beide hockten wir im Sägemehl und erzählten uns etwas, während wir mit Eimern, Schaufeln und Förmchen das Sägemehl formten.

Wasser hatte ich aus der Küche mitgebracht, so dass wir damit zudem kleine Rinnsale fließen lassen konnten.

Bärbel war ein lebensfrohes Mädchen, mit blauen Augen. Ihre Gesichtszüge waren von zarter Gestalt, ohne aggressive Einkerbungen. Ich genoss ihr Dasein und wünschte mir, dass dieser Tag nie zu Ende gehen würde. Dabei vergaß ich die Zeit vollkommen.

Als meine Mutter erstmalig rief, wünschte ich mir die Sägemehlkuhle an einen anderen Ort.

Beim zweiten Rufen tat ich so, als hörte ich es nicht. Ich saß mit dem Rücken zum Haus, was das Überhören erleichterte. Meine Mutter rief lauter: »Hörst du mich?« Bärbel, die mit ihrem Gesicht dem Haus zugewandt saß, sagte, dass meine Mutter am Fenster sei und etwas von mir wolle. Langsam, ein Förmchen in der Hand haltend, drehte ich mich um. Meine Mutter blickte aus dem Toilettenfenster im ersten Stockwerk.

»Du musst bald raufkommen«, sagte sie. »Fünf Minuten kannst du noch spielen, aber dann kommst du rauf!«

»So ein Mist!«, sagte ich zu Bärbel. »Wo wir gerade so schön spielen.«

»Ja!«, sagte sie mit trauriger Stimme und senkte dabei ihren Blick, »auch ich würde gern noch länger mit dir spielen.«

Ich vergaß die Aufforderung und wir spielten weiter.

Plötzlich fuhr ich zusammen: »Du kommst jetzt sofort rauf!«, rief meine Mutter laut und zornig.

Bärbel schaute mich verwirrt an. Sie war zusammengezuckt und begann wie ich zu zittern. Vielleicht spürte sie meine Unruhe, denn ihre Augen schienen die Fragen an mich zu richten: »Gehst du sofort? Müssen wir unser schönes Spiel jetzt beenden?«

Sekunden verstrichen.

»Komm bitte sofort!«, hallte es hinter mir.

»Ihr könnt morgen noch spielen.«

Ich stand auf, schaute zur Tür, dann nach oben. Ich sah meine Mutter, ging auf die Freitreppe zu, stellte mich unters Fenster, um ihr näher zu sein und fragte, ob ich noch ein paar Minuten bleiben dürfe.

Wir spielten so schön und Vater sei noch nicht zum Essen da. »Es wird bald dunkel«, sagte sie, »und Bärbel muss auch gehen!«

»Aber sie wohnt doch nicht weit von hier!«, erwiderte ich. »Sie ist schnell zu Hause.«

»Nein, du kommst jetzt sofort hoch!«, sagte sie energisch.

Ich ging zur Sägemehlkuhle zurück, in der Bärbel geduldig auf mich wartete und setzte mich zu ihr. Den Rücken zur Schule gewandt. Bärbels Nähe gab mir Kraft. Es dauerte nicht lange und ich vernahm die äußerst aggressive Stimme meiner Mutter. Sie schien jetzt näher zu sein, tiefer zu stehen. Ich zitterte erneut, denn in ihrer Stimme schwang etwas für mich Fremdes mit.

Ich wusste nicht, was ich tun sollte. In Bärbels Nähe fühlte ich mich sehr wohl. Sie war das erste Mädchen, mit dem ich allein spielen durfte. Jetzt bereute ich es, so nah an der Schule mit ihr zusammen zu sein.

Bärbel war aufgesprungen und schaute zur Haustür. Ihre Unruhe erschreckte mich. Ich sprang nervös hoch und drehte mich um.

Wir sahen beide wie meine Mutter im Eingang verschwand. Jetzt blieb mir keine Wahl mehr, ich musste zur Tür gehen. Hastig verabschiedete ich mich von Bärbel, ging zur Haustür und dachte, dass meine Freundin bestimmt eine sanftere Mutter hat.

Mit einem dumpfen Gefühl erreichte ich die Freitreppe und blieb erstarrt vorm Haus stehen, als ich meine Mutter im Türeingang entdeckte. Damit hatte ich nicht gerechnet. Warum tat sie das? Ich war ihrer Aufforderung gefolgt. Warum wartete sie jetzt im Eingang? Das hatte sie noch nie gemacht.

Mit ihrer linken Hand hielt sie die nach innen aufzumachende Tür fest. Die rechte erblickte ich nicht. Ihren Kopf und einen Teil ihres Rumpfes sah ich im Türrahmen.

»Du kommst jetzt sofort hoch!«, wiederholte sie mit scharfer Stimme. Ihre Augen zeigten leblose Kälte. Da stimmt etwas nicht!, dachte ich. Habe ich etwas Schlimmes gemacht? Warum wartete sie hier auf mich?

Ich war verunsichert, mit kleinen Schritten ging ich auf die Tür zu. Der starre Blick meiner Mutter hielt mich gefangen.

Sie war sehr aufgeregt.

Fünf steinerne Treppenstufen musste ich überwinden. Dann noch eine kleine, die sich direkt vor dem Zugang befand. Meine Mutter wich nicht von der Stelle. So konnte ich nicht durch den Eingang gelangen. Dazu war zu wenig Platz. Jetzt ging sie einen Schritt zurück, hielt jedoch die Tür mit der linken Hand fest. Ihre rechte Hand sah ich immer noch nicht. Mir war unheimlich. Ein solches Erlebnis kannte ich nicht. Was wollte sie von mir? Ihre Beuteaugen ließen mich nicht los.

»Ich bin da und gehe nach oben«, sagte ich leise – und blickte zu Boden.

Jetzt gab sie die Tür um ein weiteres Stück ihrer Körperbreite frei. Ich passierte die letzte Stufe, dann die

Tür. Als ich im Treppenhaus war, knallte meine Mutter die Tür mit ungeheurer Wucht ins Schloss. Sie hob blitzschnell ihren rechten Arm, in deren Hand sie unseren blauen Bambusstrafstock hielt. Rasch schnellte meine rechte Hand zur Abwehr nach oben. Ich duckte mich zugleich und erreichte mit meinem rechten Fuß flink die erste Treppenstufe. Der Stock krachte auf meinem Rücken nieder. Einmal, zweimal. Der dritte Schlag verfehlte meinen Körper und ich lief schneller als jemals zuvor die Treppe hinauf.

Meine Mutter schrie hinter mir her. Sie wurde zorniger, weil ich ihr entwischt war, doch sie schien sich ihrer Sache sicher, mich oben in der Wohnung mehr bestrafen zu können. Unser Zuhause hatte keinen Fluchtweg. Sämtliche Klassenräume, der Keller sowie der große Dachboden waren um diese Uhrzeit abgeschlossen. Einer solchen Mutter entwischt man nicht. Das wussten wir beide, denn ihre Erziehung schloss körperliche Strafe ein.

Mit der rechten Hand griff ich nach der Krümmung des Handlaufs, zog mich mit einem kräftigen Ruck auf die nächste Treppe und kam in der Wohnung an. Glücklicherweise stand die Wohnungstür offen. Ich schrie jetzt, fühlte mich eingekesselt, wusste nicht, wohin. Zuerst lief ich geradeaus durch den langen Korridor in die Küche, in der meine Schwestern und mein Bruder am Tisch saßen. Wortlos berührte ich im Laufen einen Arm, bat damit flehend um Hilfe, gleichzeitig wissend, der Strafe unserer Mutter unmöglich entgehen zu können.

Meine Mutter folgte mir schnell um den runden Küchentisch. Sie schrie mich an, ich solle sofort zu ihr kommen und keine Fisimatenten machen. Das verschlimmere nur alles. Ich erreichte die Küchentür, die sie verschlossen hatte, riss sie mit aller Wucht auf, sah rechts die offen stehende Wohnzimmertür, überlegte einen Moment, ob ich durch die Wohnungstür flüchten solle, bog aber aus Angst vor größerer Strafe ins Wohnzimmer ab und schlug die Tür zu. Dann stürzte ich, kugelte mich unter den runden Wohnzimmertisch, wimmernd wie ein Hund und wartete, dass die Strafe rasch erteilt würde.

Meine Mutter war schnell zur Stelle.

Sie schloss die Tür. Nun waren wir allein.

Niemand würde mir helfen.

Sie packte einen meiner Arme, zog mich unter dem Tisch hervor und drosch mit ungeheurer Kraft auf mich ein. Ich wälzte mich weinend hin und her, versuchte mich loszureißen, ihr erneut zu entkommen, doch sie ließ mir keine Chance. Während sie schlug, wiederholte sie die Worte vom Anfang: »Ich habe dir tausendmal gesagt, dass du hochkommen sollst, du ungezogenes Kind. Warum gehorchst du nicht, wenn ich dir was sage?«

Ich vermied den Blickkontakt mit ihr, ließ meine Hand zu Boden fallen, bedeckte schluchzend mein Gesicht damit und krümmte mich voller Schmerzen auf dem Fußboden.

Weinend kroch ich zur Tür – längst war sie gegangen. Wie lange hatte es gedauert? Ich wusste es nicht.

Langsam öffnete ich die Tür und ging durch die Küche, in der meine Geschwister noch immer saßen, in mein Zimmer. Zu essen gab es für mich nichts.

Ich schämte mich und legte mich nach dem Anziehen des Schlafanzuges ins Bett.

Ich weinte weiter. Wie lange, weiß ich nicht mehr.

Ich spürte die Eifersucht meiner Mutter, die sie auf Bärbel hatte. Es war ihr nicht wichtig, dass ich pünktlich nach Hause kommen sollte. Wichtiger war ihr, dass ich Bärbel nicht mehr traf. Das nahm ich meiner Mutter übel.

Dieser Schmerz stach tief in meine Seele und ich wusste nicht, ob es mir jemals wieder erlaubt sein würde, mit einem Mädchen im Sägemehlkasten zu spielen. In den darauf folgenden Tagen fühlte ich mich häufig von meiner Mutter beobachtet. Wenn sie auch nicht anwesend war oder mich sehen konnte, wie und mit wem ich spielte, war sie in meinem Geist da und hatte das Vermögen, mein Handeln zu bestimmen. Von dieser Zeit an begegnete ich Bärbel sehr distanziert. Wahrscheinlich wusste sie warum. Wir sprachen nicht darüber. Es wäre sinnlos gewesen.

Bis in mein Erwachsenenalter hinein träumte ich in verschiedenen Variationen immer wieder von diesem Straferlebnis. Am Morgen des 8. Dezember 1990 schrieb ich nach einem weiteren Alptraum diesen Brief:

Liebe Eltern,
euer Lebensgebäude ist kalt
durch die Fenster zieht ein eisiger Wind
der sich an klappernden Türen entlang
seinen Weg durch alle Etagen bahnt

Er durchfegt Zimmer ohne Möbel
gleitet an verblasster Tapete vorüber
und verwirbelt auf dem Dachboden
den Staub beerdigter Sehnsucht nach Liebe

Mutter?! Du sagst, es ginge um Liebe? Was für eine Liebe? Ich sag's dir: eine Fassadenliebe. Von außen für alle sichtbar: »Seht her, ihr Leute, ich liebe meinen Mann, deswegen rette ich ihn mit vollem Einsatz der Gefühle meiner Kinder aus der Lebensflucht.« Dass ich meine Kinder damit missbrauche, ist mir egal. Ich trample auf ihren Seelen herum. Sie sind noch so klein und zart. Aber das ignoriere ich. Ich habe nur das eine Ziel: meinen Mann zu retten, vor der tödlichen Alkohol-Krankheit, die ich ihm deswegen anbetete, damit er zu mir zurückkehrt. Denn er fand Liebe und Zuneigung bei einer anderen Frau. Sieben Jahre lang. 2555 Tage und Nächte lang.

Das kostet Kraft. Du sagtest, Gott gab dir diese Kraft? Durch Gebete? Durch solche Gebete: »Herr, laß' Franz krank werden, damit ich ihn pflegen kann und er mich wieder liebt?« Was für ein Preis. Ein Gottespreis!

Mir wird schlecht bei soviel Heuchelei. Weißt du, wann mein Vater für mich starb? Als er anfing, zu saufen und er mich darum 'bat', Bier und Schnaps für ihn in der Kneipe zu holen. Bei Wagenbachs. Dazu musste ich mich abends zwischen Kirche, Kindergarten und Sieferts Scheune vorbei schleichen. Dort, wo unser Treffpunkt der ersten heiligen Kommunion war. Nebenan – im Gotteshaus – erwähnten die Pfarrer Sanctus Spiritus.

Ich bin davon überzeugt, dass süchtig konsumierte Spirituosen den Weg zu Gott vernebeln und stimme C. G. Jung zu: Spiritus contra Spiritum.

Weißt du noch? Ich sollte immer durch den Seiteneingang gehen. Damit mich niemand sah. Doch haben mich alle Gäste sofort erkannt. Dumme Bemerkungen haben sie gemacht. Über deinen Mann.

Wie habe ich mich geschämt.

Aufgepasst habe ich, dass beim Gehen die Flaschen nicht gegeneinander schlugen. Kennst du dieses Geräusch von leeren Bierflaschen, wenn Sie beim Gehen klirren? Und das dumpfe Geräusch der vollen Flaschen?

Verschämt reichte ich dem Wirt das Geld und war in Gedanken längst auf dem Rückweg zur Schule. Diesem großen, schwarzen Bunker der Leere. Wo er jetzt wohl war? Bei Fräulein Grewen? So etwas konnte ich gar nicht denken, denn ihr wart doch Mann und Frau. Katholisch getraut. Immer zusammen. Bis dass der Tod euch scheidet.

Bier und Schnaps stellte ich in den Schrank. Weißt du noch? In das Fach vom großen Wohnzimmerschrank. Das Fach, das nach dem Öffnen immer so ganz anders roch als die restlichen Fächer.

Die unteren rochen nach Sonntagstischwäsche, frisch gespültem Rosenthalporzellan und geschliffenen Gläsern.

Die Schubladen gaben das Aroma von geputztem Silberbesteck, Stoffservietten und Gäste-Pralinen frei. Nur das rechte Fach, dieses rechte Schrankfach, mit der Schwenktür, roch nach Alkohol. Erinnerst du dich? Manche Flasche Amselfelder hatte unten einen roten Kranz auf dem Schrankbrett gebildet. Das konnte ich mir nie erklären. Immer, wenn ich das Fach öffnete, standen die Flaschen aufrecht darin. Und Korken steckten in ihren Hälsen. Wenn sie auch nicht mehr voll waren, diese Flaschen. Wie sollte der Flaschenboden einen Weinkranz bilden? Waren diese Flaschen allesamt unten undicht?

Die neue Dorfschule

Meinen Vater sah ich immer seltener. Neben seiner Arbeit als Schulleiter, Lehrer, Organist, Mentor, Karnevalsunterhalter war er mit der Planung und dem Bau der neuen Schule beschäftigt, die Hauptschule werden sollte. Er wurde kränker. Trotzdem hielt er eine Rede. Das ganze Dorf war auf den Beinen. Außer Lehrern und Schülern waren der Schulrat, der Bürgermeister, der Architekt, der Pfarrer, der Arzt, wichtige Menschen, die den Abschluss dieses Dorfbauprojekts und seine Einweihung feierten, im Winter zusammengekommen.

Das neue Schulgebäude sah anders aus als das alte. Langgestreckt und kistenförmig. Mit einem Pultdach, großen Fenstern. Über der Aula war das Schulleiterzimmer meines Vaters und das Lehrerzimmer, dessen Fassade mit braunem Holz verkleidet war. Die übrige Front war weiß gestrichen.

Das alte Schulgebäude war grau, mit kleineren Fenstern und hatte ein Satteldach aus Naturschiefer. Es glich außen eher einem Wohnhaus. Auch der neue Schulhof war anders: aus grauem, hässlichen Asphalt.

Nicht mal Unkraut konnte da hindurchkommen. Außerdem war er rechteckig und lag vorm Schulgebäude. An einigen Stellen gab es festmontierte Papierkörbe aus Zinkblech, aber keinen Winkel, in den man sich hätte verkriechen können, um nicht von der Pausenaufsicht gesehen zu werden. Beim alten Schulhof mit kleinen Schottersteinchen war das anders. Er war größer und bot genug Versteckmöglichkeiten, denn die Schule stand in dessen Mitte. Es war möglich, in den Pausen ums Gebäude herumzulaufen, sich hinter dem alten Spritzenhaus oder der Schweinestallgarage zu verstecken. Da konnte man vom Lehrer nicht gesehen werden.

Die Pausenaufsicht war deswegen mit dem alten Schulhof überfordert.

Wie ich erfuhr, diente die Aula dazu, dass Schüler darin bei schlechtem Wetter Pause machen und sich austoben konnten. Das ging in der alten Schule, die nun Grundschule werden sollte, nicht. Dort blieb man dann in den Klassen sitzen.

Der Boden im neuen Schulgebäude war spiegelblank. Er sah aus wie Marmor. Die Wände der Aula waren mit dicken, polierten Kiefernbrettern dekoriert, anstelle von Bildern oder Wandgemälden. Das wirkte fremdartig auf mich.

Mein Vater sagte während seiner Einweihungsrede, dass diese Hölzer symbolisch für die Umgebung stünden. Das Dorf war von Kiefernwäldern umgeben und in den umliegenden Tälern gab es viele Sägewerke.

Ich stand inmitten meiner Klassenkameraden. Mein Vater gab kurz auf einem hell farbenen Klavier einen Ton an und wir begannen zu singen. Nein, ich glaube, er begleitete uns auf diesem kleinen Klavier und dirigierte mit einer Hand. Wo meine Mutter war? Ich hatte keine Ahnung.

Es ist ein Kinderklavier, dachte ich, denn es war nicht so hoch wie unser dunkel farbenes Familienklavier.

Deswegen war das Schulklavier für mich kein Klavier.

Mein Vater sagte später, dass sei genauso ein Klavier wie unseres, nur kleiner und damit leichter. Wichtigste Ausnahme sei, dass es weniger Tasten habe – fast eine Oktave weniger. Es sei handlicher und dadurch könne man es besser rollen. Das sei für Schulfeiern oder Schulkarneval ideal. Außerdem sei es billiger. Jedoch klängen alte und größere Klaviere voller. Sie hätten mehr Volumen.

Was wir gesungen haben? Einstudierte Lieder wie *Guter Mond, du gehst so stille*.

Der Chor sang, mein Vater spielte. Mehrere Lieder müssen es gewesen sein. Vielleicht fünf. Ich weiß nicht mehr. Danach löste sich die Gruppe auf. Im Anschluss an die Feier konnten sich die Besucher die Klassenräume ansehen.

Einige Schüler aus höheren Klassen fanden eine neue Schule weniger interessant, hörte ich. Sie zeigten sich froh, endlich die Schulzeit abschließen zu können und Geld in einem Beruf zu verdienen.

Wir gingen durch die Schule. Ein langgezogener, schmaler Korridor, der nicht sehr hell war, weil hier kleine Fenster hoch eingemauert waren, schloss sich an die Aula an. Im Gang waren viele Türen, dazwischen metallene Kleiderhaken an den Wänden, die mir deshalb gleich auffielen, weil sie allesamt verkehrt herum angebracht waren. Die Rundungen der Haken wölbten sich in den Korridorgang hinein. Ihre Öffnungen wiesen zur Wand. Ich wunderte mich und dachte, da wurde ein Fehler begangen. Wie kann man Kleiderhaken falsch herum montieren? Ich wollte jemanden fragen, traute mich aber nicht, weil die Schule erst am heutigen Tag eingeweiht wurde. Sie war neu. Vielleicht durfte man das jetzt nicht fragen?

Trotzdem beschäftigte mich das so sehr, dass ich keinen klaren Gedanken fassen konnte. Ich musste unbedingt meinen Vater finden, der mir diese Antwort darauf geben konnte. Denn er hatte die Schule mitgebaut. Er war mitverantwortlich dafür. Sicher wusste er die richtige Antwort. Einen anderen Lehrer mochte ich nicht fragen. Der hätte mich wahrscheinlich für einfältig gehalten oder gedacht: Wie kann man sich nur mit falsch montierten Kleiderhaken beschäftigen?

Ich fasste einen dieser Haken an und überlegte, ob meine Jacke daran halten würde. Ich fragte mich, ob ich mir überhaupt so die Finger verdrehen könne, dass die Schlaufe der Jacke auf den Haken passte. Ausprobieren mochte ich das jetzt nicht. Das wäre mir peinlich gewesen, denn Schüler, Lehrer, der Bürgermeister, der Pfarrer und weitere Autoritäten hätten mich dabei beobachten können.

Sämtliche Haken waren falsch herum. An allen Hakenreihen. Wen könnte ich fragen? Mein Vater war nicht zu sehen. Bestimmt war er sehr beschäftigt und würde sich gestört fühlen, wenn ich versuchte, ihn zu fragen. Außerdem war er krank. Ich brauchte Mut, um jemanden anderes anzusprechen. Lehrer, die mich unterrichteten, durften es nicht sein. Mir als Hauptlehrersohn die Blöße zu geben, diese Frage an sie zu richten, beschämte mich. Aus demselben Grund wollte ich keine Klassenkameraden fragen.

Mir wurde mulmig. Ich brauchte sofort eine Antwort auf das Hakenproblem. Ich irrte durch den Korridor. Der größte Teil der Gäste hatte die Hakenreihen passiert. Würde ich jetzt niemanden ansprechen, wäre meine Chance verstrichen. Später wären keine Menschen mehr hier. Sie hätten andere Gedanken im Kopf als die Schuleinweihung. Aus diesem Grund würde sich auf dem Rückweg niemand mehr Zeit nehmen.

Ich folgte der Gruppe. An einer Klassentür standen ein paar Erwachsene und blickten in den Raum: »... und sie haben vielleicht die Haken im Gang gesehen ...?!«, sagte ein Mann, »... die mussten wir aufgrund einer Bauvorschrift falsch herum montieren. Die Kinder verletzen sich sonst schnell daran. Sollten sie im Korridor toben und ins Wanken geraten, würden sie sich nicht den Kopf einrennen.«

Deswegen also. Schnell ging ich ein paar Schritte zurück und testete diesen möglichen Vorfall: ich stellte mich in die Nähe eines Hakens und schaute, wie das gehen konnte. Dabei war mir unlogisch, sich nicht weh tun zu können. Denn die Haken waren aus hartem Metall.

Würde ein Kind stolpern oder geschubst werden, könnte es sich trotzdem stark verletzen.

Mit diesen Gedanken ging ich zurück und stieß auf meine Mitschüler, die mit Fräulein Vormstein einen Klassenraum betraten.

Nachdem wir eingetreten waren, sagte sie, wir sollten uns unsere Plätze an den neuen Tischen und Stühlen suchen. Und dann sagte sie noch, wie schön es doch sei, mal in einer neuen Schule zu unterrichten. Vor allem, dass von nun ab jeder Jahrgang seinen eigenen Klassenraum habe.

Ich gewöhnte mich nur sehr langsam an die neue Umgebung und an den Gebrauch der Gegenstände in dieser Schule. Übergangsweise waren wir mit der vierten Klasse in der neuen Schule, bis die alte zur Grundschule umgebaut sein würde. Von da ab sollte die Vierte wieder im alten Haus sein. Aber getrennt von der Dritten.

Die Fenster im Neubau waren direkt gegenüber der

Tür. Wir saßen alle längs zur Fensterreihe und konnten auf den neuen Schulhof blicken.

Das neue Schulgebäude war nicht so praktisch wie das alte. Saß man in den Parterre-Klassen und gingen andere Schüler, deren Unterricht später begann oder früher beendet war, am Gebäude entlang, konnte man sie sehen. Und sie konnten umgekehrt hineinsehen und Faxen machen, wenn der Lehrer sich augenblicklich zur Tafel hingewendet hatte.

Das lenkte ab. Bei der alten Schule waren die Fenster höher eingebaut. Außerdem befanden sich vereinzelt Büsche und Sträucher davor. Bei der neuen Schule war es bei Strafe verboten, außen an die Scheiben zu klopfen.

Mich störten diese Fenster ganz besonders. Gerade dann, wenn man erst zur zweiten oder dritten Stunde Unterricht hatte oder – und das war viel wichtiger, wenn man unpünktlich war. Dann nämlich begann das Spießrutenlaufen bereits außerhalb der Schule. Lehrer und Schüler hatten längst registriert, dass man zu spät kam.

Außerdem vermittelte es mir Schuldgefühle, weil ich Mitschüler lernen sah und ich nicht mitlernte.

Einige Kinder wurden mehr oder weniger freiwillig ausgesucht, einen bestimmten Klassendienst zu übernehmen. Zum Beispiel als Klassensprecher. Manche waren für das Einsammeln des Milch- und Kakaogeldes zuständig, andere für die Bücherpflege der Schulbücherei, die sich fortan nicht mehr im Pfarrhaus befand. Ich hatte mich fürs Landkartenholen gemeldet. Lange dauerte es, bis wir in der Klasse eine benötigten.

Als wir bei Fräulein Vormstein Erdkundeunterricht hatten, gab sie mir unverhofft ihren Schlüssel und

113

schickte mich mit Jürgen in den Kartenraum. Bislang hatte ich solche Dienste nicht gemacht, genauso wenig mein Mitschüler, und glaubte immer, ich hätte in der Pause – oder vorm Unterricht – Zeit dazu, in Ruhe die Karten aus dem Kartenraum zu holen und sie in der Klasse aufzuhängen. Zumal wir uns in dem Kartenraum nicht auskannten. Jetzt forderte uns Fräulein Vormstein mitten im Unterricht auf. Wir waren unter Zeitdruck, denn wir wussten nicht, ob wir vor Unterrichtsende die richtige Karte finden würden. Vielleicht glaubte die Lehrerin, ich sei als Hauptlehrersohn mehr über die Schulinnereien im Bilde als andere Schüler. Zwar wohnten wir nicht in der neuen Schule, aber mein Vater hatte einen Generalschlüssel, den er mir jedoch nie anvertraut hätte.

Langsam schlossen wir das neue Türsicherheitsschloss auf, öffneten die Tür, suchten den Lichtschalter und mussten nach dem Knipsen eine Weile warten, bis es hell wurde. Denn in der neuen Schule gab es Neonröhren, die eine Zeit lang brauchten, bis sie leuchteten. Von der alten Schule kannten wir nur kugelförmige Milchglaslampen, die an langen Chromstangen von den Decken hingen. Betätigte man deren Schalter, konnte man sofort etwas sehen.

Es roch nach Farbe und Klebemittel in diesem fensterlosen Raum, den ich mir größer vorgestellt hatte. Mein Mitschüler und ich mussten uns erst zurechtfinden.

Die Karte war nach einiger Suchzeit gefunden. Deswegen gingen wir zu zweit, damit wir sie schneller fanden und damit der eine – falls der andere mal krank sein sollte – den Kartenholdienst selbständig ausführen konnte. Es war eine alte Landkarte. Zuerst dachte ich, sie wäre auch neu, wegen der neuen Schule. Mich enttäuschte aber, dass sie alt war. Einige andere auch. Die alten Karten passten nicht zu dieser neuen Schule.

Wir gingen zurück in die Klasse, in der unsere Mitschüler samt Lehrerin saßen und auf uns warteten. Die Karte wurde unter Beobachtung der anderen aufgehängt. Wir mussten uns schnell in die Funktionsweise des neuen Kartenständers aus Metall einarbeiten. In der alten Schule gab es Holzständer. Ich bereute es, nicht zuvor eine Karte unbeobachtet mit dem neuen Ständer aufgehängt zu haben.

Nachdem die Karte hing, zeigte Fräulein Vormstein darauf. Aber nur ein Mal. Das enttäuschte mich, denn das Holen stand in keinem Verhältnis zum Zeigen.

Die Schulglocke ertönte und meine Mitschüler stürmten hinaus.

Ich wollte mitlaufen, doch dann wurde ich von Fräulein Vormstein daran erinnert, dass ich Kartendienst habe und dafür sorgen müsse, die Karte wieder an ihren Platz zu hängen. Und vor allem, dass die Tür vom Kartenraum wieder korrekt abgeschlossen sei.

Widerwillig verrichtete ich meinen Dienst und ärgerte mich, dass die Zeit von der Pause abging.

Hahn

Er war mein Klassenlehrer in der fünften Klasse. Herr Hahn unterrichtete Mathematik und war etwa so alt wie mein Vater.

An einem Schultag hatte ich nicht daran gedacht, die Hausaufgaben vollständig zu machen. Es waren ein paar Aufgaben aus dem Buch zu lösen. Außerdem sollte das Einmal-Dreizehn auswendig gelernt werden. Das fiel mir erst ein, als der Lehrer bereits in der Klasse war und einen meiner Mitschüler abgefragt hatte. Jetzt gab es kein Zurück mehr, dachte ich. Es könnte höchstens sein, dass er mich übersieht und nur diejenigen prüft, die in den vorderen Reihen saßen. Er ging durch den Mittelgang zu den hinteren Bankreihen und machte Stichproben.

Sobald er merkte, dass es jemand fließend konnte, wählte er einen anderen Schüler aus. Während ein Mitschüler sprach, näherte sich Lehrer Hahn mehr und mehr meinem Tisch. Immer ein Ohr zu dem Schüler gewandt, der gerade dabei war, das Päckchen aufzusagen. Während seiner Suche machte sich Herr Hahn einen besonderen Spaß daraus, auf einen Schüler zuzugehen, in der Absicht, ihn unmittelbar aufzurufen, doch dann nannte er den Namen eines Schülers, der sich nicht in seinem Blickfeld befand. Das war seine pädagogische Eigenart.

Ebenso wie seine Spezialstrafe: Mancher Schüler, der seine Hausaufgaben nicht gemacht hatte, musste im Klassenraum aufstehen. Lehrer Hahn packte mit seinen kräftigen Händen am Hinterkopf und unter dem Kinn zu und hob den Schüler hoch, so dass die Füße in der Luft baumelten. Als ich das erstmalig sah, dachte ich, dass das Genick brechen könnte.

Er kam auf mich zu, schaute mich konzentriert an, so dass ich dachte: jetzt nimmt er Ursula dran, denn sie befindet sich hinter ihm.

Als mich aber Lehrer Hahn länger ansah und mir

wohlwollend zunickte, schien er mir Mut zu machen.

Derweil hatte ich versucht, genau hinzuhören, während meine Mitschüler das Einmal-Dreizehn aufsagten. Auf diese Weise wollte ich mitlernen, um dann, falls ich aufgefordert würde, wenigstens mühelos bis fünf zu kommen.

Und jetzt? Jetzt war ich irritiert und erinnerte mich an Fräulein Vormstein, die mich nicht in Ruhe gelassen hatte. Eine peinliche Situation. Dazu bei einem Lehrer, der nicht nur der Stellvertreter meines Vaters war, sondern sein Doppelkopfpartner. Beim nächsten Spieltreffen im Gasthof Wilms würde er ihm bestimmt sagen, was für ein schlechter Schüler ich sei.

»Und wie steht es mit dir?«, fragte mich Lehrer Hahn.

Meine Mitschüler blickten erwartungsvoll zu uns herüber. Verschreckt stand ich auf und sagte: »Einmal dreizehn ist dreizehn.« Er schaute mich an. Sein Gesichtsausdruck verriet, dass das ein jedes I-Männchen auch sagen konnte. »Zweimal dreizehn ist ...« Ich brauchte Zeit zu überlegen. Ich versuchte, schnell zu addieren. Aber es gelang mir nicht. Was blieb mir übrig? Er merkte sogleich, dass ich lange nachdenken musste.

Ich hoffte, er glaubte, ich könne das Einmal-Dreizehn, sei aber jetzt vor der Klasse zu schüchtern, mich zu äußern. Denn ich war als stiller Schüler bekannt. Nicht als einer der tobenden, die sich dauernd in den Vordergrund spielen mussten. Ich blickte ins Leere, während Lehrer Hahn neben mir stand und Richtung Tafel schaute.

Hinter seinem Rücken schlug er die Hände ungeduldig gegeneinander und wartete auf eine Antwort.

Ich halte nur die ganze Klasse auf, dachte ich. Hoffentlich ist die Tortur bald vorüber.

Er soll mir eine Fünf verpassen und fertig.

Während ich das dachte, wartete ich auf einen leisen Zuruf aus meiner Klasse. Mein Nachbar hätte die Antworten sicher geben können, doch Lehrer Hahn stand neben mir, damit mir nichts vorgesagt würde.

Lehrer haben es gut, dachte ich, sie brauchen diesen ganzen Kram nicht mehr zu lernen und sich nicht vor allen Mitschülern demütigen zu lassen.

Hatte ich richtig gehört? Er selbst gab mir die Antworten? Auf einmal wusste ich die Ergebnisse. Er flüsterte sie mir zu. Und ich begann damit, sie laut zu wiederholen. Das war schlimmer für mich, als zu schweigen, denn die Lösungen kamen nicht von mir. Dieser Lehrer stand offenbar auch deshalb neben mir, um mir zu helfen. Leise, aber für die Umsitzenden hörbar, nannte er die Resultate.

In diesem Moment waren wir eine Art verschworene Gemeinschaft. Doch würde diese Situation für meine Mitschüler nicht deutlich machen, dass er mit meinem Vater gut befreundet war? Galt nicht das, was er da tat, als korrupt? Die hinter mir Sitzenden konnten unsere vermeintliche Abmachung nicht mitbekommen haben, doch wird ihnen klar gewesen sein, welche Schande das für mich bedeutete.

Dieser Lehrer brachte mich in eine unangenehmere Lage, als sie es ohnehin schon war. Nichts wäre ehrlicher gewesen, als mich als Dummkopf hinzustellen und einen anderen Schüler aufzufordern.

Jetzt war ich gezwungen, ihm zuzuhören und wie ein Automat alles nachzusprechen. Bis mir ein neuer Gedanke durch den Kopf schoss: Was wäre, wenn er mich extra auf eine harte Probe stellen wollte, mir falsche

Ergebnisse sagte, die ich in meiner Gutgläubigkeit nachspräche, und mir dadurch seinen Hohn und den der Klasse zuzöge? Denn in dieser Situation war ich nicht dazu fähig, die Ergebnisse nachzuprüfen, bevor ich sie wiederholte. Konnte ich ihm vertrauen oder nicht? Ich wusste nicht, was ich tun sollte. Es war beschämender als bei Fräulein Vormstein, denn ich befand mich in einer höheren Klasse und war älter.

Ich war außerstande, diese Resultate genau zu überprüfen. Ich musste mich ihm ausliefern. Ich hatte keine andere Chance. Gebeugt stand ich an der Tischplatte, auf die ich meine Hände stütze. Wie konnten ein paar Sekunden eine solche Ewigkeit bedeuten?

Bei 130 war die Prozedur zu Ende. Enttäuscht ging er nach vorne ans Pult und bat uns, das Mathematikbuch aufzuschlagen. Ich setzte mich langsam hin und dachte für Augenblicke an nichts mehr. Meine Nachbarn mochte ich nicht anschauen. Alles war so weit weg. Die Schule, die Häuser, meine Eltern.

Hatte mir Lehrer Hahn die Ergebnisse deswegen zugeflüstert, weil mein Vater sein Vorgesetzter war oder weil ich aufs Gymnasium versetzt werden sollte? Einige Lehrer hatten sich für den Wechsel ausgesprochen. Es war die Zeit, als mein Vater im Krankenhaus lag und sich als Schulleiter vertreten lassen musste. Von Lehrer Hahn. Und es war die Zeit, als meine Mutter einen Führerschein machen musste, damit wir meinen Vater besuchen konnten.

Das Gymnasium

Mit anderen Kindern aus dem Dorf begann der Tag damit, einen alten Bus zu besteigen, der uns nach Kürstadt brachte. Die Fahrt dauerte einige Zeit und führte über Berge. Diese Busfahrt freute uns anfangs, wurde aber später zu einer mühsamen Qual. Sie begann damit, dass der Busfahrer jeden Monat eine neue Fahrkarte beim Einsteigen verlangte.

Die Monatskarten kaufte ich in der Dorfdrogerie Sehrlaub. Hier kaufte ich auch manchmal Radiergummis und Tintenpatronen für mich, denn mittlerweile hatte ich einen modernen Patronenfüller.

In dieser Drogerie, die Nahe der Post war, kaufte ich auch Bommerlunder für meinen Vater.

Damals.

Der Drogeriebesitzer schaute seinen Kunden nie in die Augen, sondern auf ihre Stirn. Das machte mich jedes Mal verlegen. Er wickelte die Flasche in graues Papier ein, damit man das Etikett nicht sah, nachdem ich den Laden verlassen hatte. Doch den Schnaps brauchte mein Vater jetzt nicht mehr, denn er sagte, er wolle sterben.

Man musste immer auf die Gültigkeit der Monatskarte achten und durfte sie nicht verlieren, anderenfalls hätte man nicht mitfahren können.

Jeden Morgen standen wir Schüler an der Haltestelle und warteten auf den Bus. Manchmal kam ein blauer, hin und wieder ein roter. Blau oder rot mit breiten weißen Streifen. Der Busfahrer war groß. Es fiel mir auf, weil es im Dorf nicht viele große Menschen gab. Er hieß Konrad Sternemann. Und wurde Sternemanns Konrad genannt.

Er war wortkarg und sagte nur manchmal *Guten Morgen.* Doch das konnte uns nur recht sein, denn worüber hätten wir mit ihm sprechen sollen?

Wenn wir einstiegen, mussten wir unsere Monatskarten vorzeigen. Herr Sternemann nickte dann nur.

Mein Bruder hatte mir extra eine gebrauchte Schutzhülle für den Fahrschein geschenkt, damit er nicht kaputt geht. Doch die Schutzhülle bekam Risse und ich reparierte sie mit selbstklebenden Klarsichtstreifen. Als ich am Tag danach meine Fahrkarte vorzeigte und am Führersitz vorbeigehen wollte, stoppte mich Herr Sternemann und sagte, dass er die Fahrkarte nicht erkennen könne – ich solle mir eine neue Plastikhülle kaufen. Daraufhin zog ich die Karte aus dem Zellophan und zeigte sie ihm.

Meistens suchten wir schnell unsere Stammplätze auf und schauten aus dem Fenster. Zum Glück begann die Bustour in unserem Dorf, so dass wir immer eine große Auswahl an freien Sitzplätzen hatten.

Der Bus hielt in anderen Orten und es stiegen weitere Kinder ein, die auch aufs Gymnasium gingen. Am Anfang kannte man niemanden von ihnen. Erst mit der Zeit freundete man sich an, wenn man das mochte. Wenn wir Glück hatten, brachte uns der Busfahrer bis vor die Schule, die oberhalb eines Berges lag. Wenn es ihm jedoch zuviel Arbeit war, mussten wir an der Stadtgrenze aussteigen und den langen Weg zu Fuß gehen. Natürlich mussten wir uns dann entsprechend beeilen, denn viel Zeit blieb uns nicht bis zum Unterrichtsbeginn. Die Kinder reicher Eltern hatten eine zusätzliche Busfahrkarte. Diese konnten sie für einen der Stadtbusse einsetzen und sich bis vors Schultor bringen lassen.

Der Direktor der Schule hieß Mielmann und war circa sechzig Jahre alt – mit einer auffälligen, knollenartigen Nase. Er war dick, hatte eine sehr dunkle Stimme und strahlte dadurch eine enorme Autorität aus. Wenn er schrie, schrie er sehr laut. Davor fürchteten wir uns alle.

Unsere Klasse befand sich im Dachgeschoss und der Raum hatte Doppelfenster aus Holz. Das hatte ich bisher nicht gesehen.

Eine Hand voll Mitschüler aus der Dorfschule waren in meiner neuen Klasse sowie andere Kinder, die ich nicht kannte. Deswegen setzte ich mich neben meinen Freund Tobias. In unserer Dorfschule hatte ich nicht neben ihm gesessen, doch jetzt packte mich ein Gefühl der Verlorenheit inmitten all dieser fremden und lauten Kinder, so dass ich es vorzog, neben einem bekannten Jungen zu sitzen. Klaus und Jürgen waren in einer Parallelklasse untergebracht.

In der Pause sahen wir sie auf dem Schulhof, aber sie spielten schon mit ihren neuen Mitschülern. Es war ein unvertrautes Gefühl.

So viele unbekannte Kinder – manche fast erwachsen.

Und unbekannte Lehrer. Meine einstige Schule war nicht so groß wie diese. Nach und nach konnte ich mir die Namen meiner neuen Lehrer merken. Wir hatten mehr Fächer.

Es gab ein Fräulein Fechten. Eine alte grauhaarige Frau, die uns Englischunterricht erteilte. Offenbar war sie nie verheiratet, weil sie sich – wie Lehrerin Vormstein – auch mit Fräulein ansprechen ließ. Ich saß in der zweiten Bankreihe und sie hatte mich dazu aufgefordert, etwas vorzulesen. Ich war so nervös, dass ich meine Knie unter der Bank bewegte. Sie sah das und sagte, ich solle das lassen. Es mache sie ganz verrückt.

Folglich war ich gezwungen, während des Lesens auf meine Knie zu achten. Anfreunden konnte ich mich mit dieser Frau nicht. Dafür war sie zu unfreundlich. Und zu streng.

Ein anderer Lehrer hieß Nock. Ein toller Name für einen Lehrer, dachte ich! Wenn ich ihn sah, hatte er immer einen blauen Trainingsanzug von *Adidas* an. Mit weißen Streifen. Der Pädagoge trug unter dem linken Arm einen Ball, eine silberne Pfeife am Band um den Hals und in der rechten Hand sein Schlüsselbund. Zudem kleidete ihn ein *Adidas*-Sporthemd und passende Schuhe desselben Herstellers. In ziviler Kleidung sah ich ihn nie.

Deswegen erinnerte er mich an meine Begegnungen mit den Dorfpfarrern.

Wäre mir Herr Nock in Zivilkleidung begegnet, hätte ich ihn bestimmt übersehen.

Auf seinen Sportunterricht freute ich mich, solange es um Leichtathletik ging. In Leichtathletik war ich gut bis sehr gut. Das machte mir immer großen Spaß. Auf der Aschenbahn. Schließlich hätte ich in unserem Dorf fast einmal eine Ehrenurkunde bei den Bundesjugendspielen gewonnen. Es fehlten mir nur fünf Punkte dazu. Herr Nock machte viele Waldläufe mit uns. Das kannte ich bisher nicht. Sie waren anstrengend. Aber sie seien gut für die Kondition, sagte er oft.

Das Schwimmen mochte ich nicht. Erstens mussten wir immer sehr weit bis zum Freibad laufen. Und zweitens war dieser Lehrer sehr streng mit uns. Wir mussten eigentlich schon alles können.

Nicht nur Brustschwimmen, auch Kraulen, Tauchen und selbstverständlich vom Turm springen.

Ich konnte nicht schwimmen und beneidete deswegen diejenigen, die es konnten. Als junges Kind wäre ich fast ertrunken. Seitdem mochte ich keine Schwimmbecken mehr. Aber Christine, die mit einem anderen Bus als ich zur Schule kam, konnte gut schwimmen.

Im Winter fuhren meine Mutter, Marlene und ich mit dem Auto auf der Rückfahrt vom Krankenhaus nach Bromberg. Als wir im Ort ankamen, hatten die Geschäfte noch geöffnet, aber es war dunkel. Wir kauften Lebensmittel ein und einen Wecker.

Für meinen Vater.

Im Krankenhaus.

Ständig dachte ich an Christine, die hier in dem schönen Ort wohnte und wünschte mir, dass sie aus irgendeinem Haus käme und ich ihr begegnete. Doch was sollte ich dann sagen? Und wenn sie nicht alleine, sondern mit ihren Eltern unterwegs wäre? Es war finster. Da würde sie sich alleine nicht mehr auf die Straße trauen.

In Christine habe ich mich verliebt. Sie hatte ein anmutiges, zartes Gesicht und schöne blonde, gelockte Haare. Aus Angst habe ich ihr nie gesagt, dass ich ihr so nah war. Sie war eine gute Schülerin. Im Unterricht blickte ich von der Fensterreihe aus immer wieder zu ihr. Sie saß in der Wandreihe. Uns trennten eisenverstrebte Pulte, die Tintenfässervertiefungen hatten.

Christine, ich glaube, du hast mich gar nicht beachtet. Du hast nur immer auf Bernd geguckt, der bereits Zeitung lesen konnte. Und der im selben Dorf wie ich wohnte. Schade. Aber mir fehlte der Mut, dich anzusprechen, denn meine Mutter hatte mich schon einmal wegen eines Mädchens verprügelt.

Es gab Mutige in der Klasse, die scheinbar angstlos vom Zehnmeterturm sprangen. Für diesen Mutbeweis erhielten sie eine Eins.

Beim Schwimmen hatte ich Mühe. Ich brauchte lange, bis ich kapierte, dass man ohne Plastik-Schwimmhilfe nicht untergeht. Die konnte man sich im Schwimmbad ausleihen. Sie sah aus wie ein kleines gotisches Kirchenfenster und hatte Griffe. Damit übte ich unter Aufsicht zunächst im Nichtschwimmerbecken. Später im Schwimmerbecken. Gemeinsam mit anderen, die nicht schwimmen konnten. Schüler, die schwimmen konnten, beneidete ich, denn sie durften ohne Lehreraufsicht im tiefen Becken schwimmen. Das fand ich gut.

Außerdem machte Herr Nock bei Waldläufen mit uns Kneippbäder. In der näheren Umgebung Kürstadts gab es Bassins. Meistens liefen wir erst eine Zeit lang durch den Wald und kneippten dann in den Becken. Das Wasser war jedes Mal sehr kalt.

An einen Sieg kann ich mich erinnern: wir waren wieder einmal nach einem Waldlauf auf dem Rückweg zur Schule. In der Nähe der Sprungschanze gab es einen steilen Hang. Lehrer Nock sagte spontan, wir sollten alle soweit senkrecht hochlaufen, bis wir einen Wanderweg erreichten, der oberhalb vorbeiführte. Wer als Erster oben sei, solle Sieger sein. Mit einem Pfiff in seine silberne Trillerpfeife gab er das Startsignal. Wir liefen los. Rechts und links von mir flitzten die Klassenkameraden den Berg hinauf. Ich lief mit. Nach einigen Metern hatte ich Puddingwaden. Ich wollte aufgeben. Sah dann aber, dass ich in vorderster Position war. Sofort riss ich mich zusammen und lief weiter. Ich wurde Sieger. Die anderen hatten aufgegeben oder waren abgeschlagen. Oben angekommen warf ich die Arme in die Luft. Welch ein Triumph! Endlich konnte ich auch mal glänzen, hatte aber auch den längsten Weg zurück zur Gruppe.

Herr Mossner war unser Klassenlehrer. Er war Studienassessor. Was sollte das sein? Ein Assessor? Man erklärte mir zu Hause, dass das ein Lehrer sei, der noch eine Abschlussprüfung ablegen müsse.

Wir hatten ihn in Deutsch.

In Zeichnen unterrichtete uns Herr Weber, den mein Bruder schon kannte, denn er besuchte einige Jahre dieselbe Schule wie ich. Aber als ich in der Sexta war, war mein Bruder nicht mehr auf der Schule. Er lag wieder mehrere Monate im Krankenhaus und wir besuchten ihn. Meine Mutter sagte, er habe chronischen Durchfall. Das solle von den vielen Süßigkeiten kommen, die er immer an den Büdchen in der Stadt gekauft habe. Das stimmte. Mein Bruder hatte stets Bonbons, Lakritz oder Kaugummi dabei.

Herr Weber wohnte in demselben Dorf wie wir und maß dort die Schneetiefe im Winter. Sonst war er Kunstlehrer. Wir sollten einmal eine Landschaft malen. Mir fiel nichts Passendes ein. So entwarf ich erst mal einen Baum. Während des Unterrichts ging Herr Weber durch die Bankreihen. Dann blieb er bei meiner Bank stehen und schaute sich meine Skizze an: »Das verstehe ich nicht«, sagte er, »sind in Kleinenbach die Bäume unten dünner als oben?«

Es ärgerte mich, dass er früh zu mir gekommen war, denn ich war noch nicht fertig mit dem Malen. So setzte er mich dem Spott meiner Mitschüler aus. Krampfhaft versuchte ich dann, den Baum unten mit Farbe dicker zu machen. Aber das sah überhaupt nicht aus.

Ich erzählte es meinem Bruder im Krankenhaus. »Mach dir nichts draus«, sagte er, »beim nächsten Mal wird's besser!«

Mein Bruder hat einmal einen tollen Skifahrer auf einem Abhang gezeichnet, hinter dem eine schneeballförmige Lawine herrollt. Der Skifahrer flüchtet vor der Lawine. Mein Bruder konnte gut zeichnen.

Ich musste die Sexta wiederholen, weil meine Noten schlecht waren. Christine wurde versetzt. Und Freunde aus meinem Dorf. Bernd, Tobias, Sabine ...

Es war eine einsame Zeit für mich, denn ich hatte meine Eltern enttäuscht. Sie wollten, dass ich Arzt werde. So wie meine vier Cousins. »Wenn du nicht Arzt werden kannst, dann eben Lehrer, aber du musst das Abitur machen«, sagten sie.

Ich wusste jedoch nicht, was ich werden wollte.

In den großen Ferien besuchten wir meinen Vater häufiger im Krankenhaus. Es ging ihm schlechter. Und ich glaubte, der Grund sei, dass ich nicht – wie meine Mitschüler – versetzt worden bin.

Das neue Schuljahr begann. Diesmal hieß der Klassenlehrer Diel und war auch Studienassessor. Ich glaube, die anderen Lehrer behielt ich.

Herr Diel schrieb zur Wahl des Klassensprechers und seines Stellvertreters mehrere Namen an die Tafel, die ihm von Mitschülern genannt wurden. Jemand muss meinen Namen gerufen haben, denn er stand plötzlich auch an der Tafel. Das machte mich stumm – ich wollte das nicht – war aber zu schüchtern, etwas dagegen zu sagen. Im Stillen hoffte ich, dass mich niemand wählen würde, da weitere Namen an der Tafel standen.

Dann mussten wir auf Papierschnipseln unsere Stimmen abgeben. Die Zettel wurden eingesammelt und ausgezählt. Striche wurden hinter die Namen gemacht. Wer die meisten Striche bekäme, sollte Klassensprecher werden. Mich selbst wählte ich nicht. Hinter Gerhardts Namen waren die meisten Strichpäckchen, gefolgt von meinem Namen. Herr Diel fragte uns, ob wir die Wahl annähmen.

Gerhardt sagte: »Ja.« Mir ging das zu schnell. Da mein Name aber an der Tafel stand und mehr Striche dahinter waren, als bei den restlichen Kandidaten, dachte ich, dass ich die Wahl nicht ablehnen könne. Ein Nein kam nicht über meine Lippen. Ohne zu wissen, was ein Stellvertreter macht, nickte ich.

Weder die Wahl noch mein Amt gefielen mir.

Im laufenden Schuljahr fragte der Klassenlehrer, wer dafür sei, dass ein anderer Stellvertreter gewählt werden solle. Die meisten hoben ihren Arm. Ich auch.

Das Jahr verstrich. Die Noten wurden besser. Manchmal kaufte ich auf der Rückfahrt aus der Stadt Brausebonbons der Marke *PEZ*. Am Automaten in der Nähe der Bushaltestelle. Als ich auf den Bus wartete, überlegte ich, ob mein Vater noch leben würde, wenn ich nach Hause käme. Ich dachte daran, dass ich Schuld an seiner Krankheit habe, weil ich ihm Bier und Schnaps kaufte. Ich dachte ferner daran, ob ich mein Tun beichten müsse, denn mein Vater war todkrank. War ich ein Mörder?

Würde ich in den Himmel kommen? Hatte ich eine Todsünde begangen?

Die rechteckigen, kleinen, in der Mitte leicht vertieften Brausebonbons, konnte man in Handfiguren aus Plastik stecken, deren Köpfe beim Hochklappen ein Bonbon ausspuckten. Es gab einen Elch, *Donald Duck*, *Mickey Mouse* und andere. Ich hatte den Elch. Aber ich wollte immer die Pistole haben, zu der im Bonbonpapier Informationen standen. Auf dem Prospekt konnte man sehen, wie aus der Pistole ein Bonbon geflogen kam. Ich stellte mir häufig vor, diese Pistole zu besitzen, um damit Leute zu überraschen. Gekauft habe ich sie nie.

Die kleine Dienstwohnung

Fräulein Vormstein war pensioniert worden. Sie zog aus ihrer Dienstwohnung aus. In einen anderen Ort. Zu ihrer Schwester mit den Kürbissen. Als sie umzog, dachte ich noch: Das ist komisch. Sie hat jahrelang hier gelebt. Tür an Tür mit uns. Sie hat hier gearbeitet und ist hier in die Kirche gegangen. Der alte und der neue Pfarrer kannte ihre Sünden. Wieso geht sie weg?

Eines Tages war sie nicht mehr da. Und die Wohnung, die sie bewohnte, stand leer. Wir besaßen ihren Schlüssel. Manchmal ging ich hinein, um dort Fußball zu spielen. Ich schoss den Gummiball voller Wut in ihrem ehemaligen Wohnzimmer vor die Wände. Diese Wohnung hatte jetzt keinerlei Autorität mehr. Damals, als sie die alte, verschrumpelte Dame beherbergte, hatte jede Tapetenfaser eine lehrerhafte Macht über mich.

Mein Vater wurde kränker. Er konnte nicht mehr arbeiten. Wir besuchten ihn fast täglich mit dem Auto im Krankenhaus. Er hatte einen kugelrunden Wasserbauch.

Seine Beine und Füße waren dick. Sein Gesicht stark aufgedunsen.

In der Familie wurde es unruhig. Mutter sagte immer, dass sei von der Unterernährung in der Kriegsgefangenschaft. Vater sei zwar nach dem Krieg wieder gesund geworden, doch komme es vielfach zu Rückfällen. Dann wurde mein Vater punktiert. Sein Bauch war wieder normalgroß. Einige Wochen später kam er nach Hause. Lag aber auch tagsüber im Bett und nahm viele Tabletten. Mutter sagte, er sei immer noch sehr krank und wir sollten viel für ihn beten. Das tat ich auch. Dann kam er erneut in ein Krankenhaus, denn der Bauch schwoll wieder an. Diesmal in ein anderes. Weiter entfernt. Wir fuhren häufig hin. Mehr als eine Stunde dauerte die Fahrt mit dem weißen *Opel Kadett* nach Fersen ins Kreiskrankenhaus.

Mein Vater lag in einem Parterrezimmer. Einzeln. Das fand ich komisch, denn in dem vorherigen Krankenhaus lag ein weiterer Patient mit im Zimmer. Aber er wollte ein Einzelzimmer. Das würde ihn nicht so aufregen, sagte er. Für uns war das gut, denn wenn wir zu Besuch waren, störte das niemanden. Ich schaute mir oft das Krankenbett von unten an. Die Mechanik. Da hatte ich was zu spielen. Meine Geschwister kamen in unregelmäßigen Abständen mit. Samstags und sonntags waren wir immer zusammen im Krankenhaus. Dann hatte ich meine Spielsachen dabei. Für meine Hausaufgaben blieb wenig Zeit. Ich konnte mich zudem schlecht auf sie konzentrieren.

Es zeichnete sich ab, dass mein Vater nicht mehr arbeiten konnte. Er wurde Frührentner. Das bedeutete, die Dienstwohnung im Schulhaus aufzugeben, denn ein neuer Hauptlehrer sollte einziehen. Langfristig sollten wir die alte Dorfschule nicht mehr bewohnen. Wir zogen überraschenderweise in die Wohnung von Fräulein Vormstein. In kurzer Zeit mussten alle Möbel abgeschlagen werden.

Während mein Vater im Krankenhaus lag, war die Restfamilie und ich mit dem Umzug beschäftigt. Als Alkoholkranker durfte er sich weder anstrengen noch aufregen. Unsere Übergangswohnung war wesentlich kleiner als die alte. Wir mussten uns von vielen Möbeln trennen. Für mich war das alles sehr fremd. Eine ganze Weile hatte ich die Hoffnung, dass wir wieder in unsere Wohnung ziehen, mein Vater gesund wird und arbeiten kann.

Der Kleiderschrank meiner Eltern musste aufgrund seiner Größe so im Schlafzimmer aufgebaut werden, dass er das Fenster verdeckte. Einen anderen Platz gab es nicht. Lediglich das Oberlicht blieb frei. Damit man lüften konnte, wurde ich beauftragt, eine Spezialkonstruktion zu basteln.

Mit Hilfe einer Leiter kletterte ich auf das Kleiderschrankdach, das stabil war. Mit einem Handbohrer bohrte ich ein Loch vor und drehte eine Ringschraube hinein. Hierdurch fädelte ich ein starkes Band, das zum Federverschluss des Oberlichts führte.

Bevor ich wieder herunter krabbelte, sah ich seitlich unseren blauen Strafstock hängen. Das wunderte mich, denn er wurde bislang immer vor uns versteckt. Wo, das wussten nur meine Eltern.

Zunächst betrachtete ich das obere Stockrund – dabei schauderte es mich. Dass der Stock hier hing, wusste ich nicht.

Weil niemand mein Handwerk auf dem Schrank beobachtete, nahm ich zum ersten Mal vorsichtig unseren Stock in meine Hände und schaute ihn mir an: Erinnerungen an Straferlebnisse. Er hatte viel von seiner ursprünglichen blauen Farbe eingebüßt und bildete hässliche braune Flecken an den Stellen, wo sie abgeblättert war.

Nach einer Weile hing ich den Stock wieder an seinen Platz.

Ich drehte eine zweite Ringschraube in den vorderen Dachrand, so dass das durchgefädelte Band seine Umlenkfunktion ausüben konnte.

Dann stieg ich herunter und probierte die Mechanik aus. Es klappte. Zumachen musste man das Fenster mit einem langen Besenstiel.

Den Schlüssel unserer alten Wohnung hatten wir zeitweise in Verwahrung. Auch dort spielte ich im leeren Wohnzimmer Fußball. Oft schoss ich voller Zorn den Ball gegen die große Wand, an der früher unser Wohnzimmerschrank mit den Spirituosen stand. Ich verausgabte mich dabei. Musste aber immer darauf achten, dass die Fenster nicht getroffen wurden.

Beim heimlichen Spiel in dieser Wohnung entdeckte ich an einem Tag im Fach der zurückgelassenen Küchenspüle unseren Emailletopf mit Kerzenwachsresten darin. Wir hatten jahrelang Stummel gesammelt. Der Topf musste beim Umzug vergessen worden sein.

Ich nahm ihn heraus und sah, dass er zu drei viertel mit Wachsresten gefüllt war. Darunter befanden sich Dochtreste, die nicht verrußt waren. Wenn eine Kerze heruntergebrannt ist, bleibt oft im letzten Rest ein helles Stück Docht übrig, was so unberührt aussieht, wie das

Anfangsdochtstück einer unbenutzten Kerze. Komisch, so eine Kerze, dachte ich: sie lebt, indem sie Licht gibt, verbrennt sich dabei aber selbst. Das hat mir an Kerzen nie gefallen.

Meine Geschwister hatten manchmal aus diesen Wachsresten neue Kerzen gegossen. Das stank in der Wohnung.

Jetzt stand der Topf auf der Ablage der Metallspüle und ich suchte nach Streichhölzern. In dieser Wohnung fand ich keine, so ging ich nach nebenan und holte ein neues Päckchen *Welthölzer*.

Diese dicke Packung mit dem diagonal angeordneten Streichholz darauf.

Ein Docht lugte soweit heraus, dass ich ihn anzünden konnte. Es brannte eine kleine Flamme in dem Topf, die das umliegende Wachs langsam zum Schmilzen brachte. Mit der Zeit kamen weitere Dochte zum Vorschein. Sie ließen sich schlecht anzünden. Manchmal brannten sie kurz, ertranken dann aber im flüssigen Wachs, so dass ihre Flamme erlosch.

Durch Probieren fand ich heraus, dass Streichhölzer den Dienst eines Dochtes übernehmen konnten. Nachdem ich ein Streichholz mit dem Köpfchen nach oben in flüssiges Wachs gesteckt hatte, zündete ich es an. Es brannte von oben nach unten, wie ein Docht. An einer bestimmten Stelle konnte ich beobachten, dass sich die Flamme nicht weiterfraß, sondern dass das Holz selbst zu einer Art Docht wurde. Es saugte das flüssige Wachs nach oben.

Das faszinierte mich und ich dachte darüber nach, noch mehr Hölzer in das Wachs zu stecken. Zuvor nahm ich den Topf und stellte ihn in die Vertiefung des Spülbeckens. Für alle Fälle, falls ich löschen müsste.

Ein Flammenmeer übersäte das Wachs. Lichterloh brannte es im Topf und verflüssigte sich stärker. Die Wachs- und Holzdochte bildeten nun eine gemeinsame Flamme, die immer größer wurde. Der Topf war heiß, das spürte ich, als ich ihn ein Stück zur Seite schieben wollte. Das Feuer wurde unheimlich. Ich dachte mir einen Test aus, der die Flammen löschen sollte, falls sie zu hoch brannten.

Dazu drehte ich den Wasserhahn so auf, dass eine genügend große Menge Wasser herausfloss. Sobald der Guss das Wachs erreichte, bildete sich explosionsartig eine riesige Stichflamme bis zur Decke.

Ich erschrak so sehr, dass ich zurücksprang und unmittelbar zur Tür rannte, um Hilfe zu holen. Denn ich vermutete, dass diese meterhohe Flamme sofort das Zimmer und die gesamte Schule in Brand setzen würde. Die Wasserflut quoll derweil über den Wachstopf. Ängstlich bereute ich mein Tun.

Als ich die Tür erreichte, hörte ich ein lautes Zischen in der Ecke. Ich drehte mich herum und sah eine Dampfwolke, die die absterbenden Flammen umhüllte.

Sofort blickte ich zur Decke. Sie war unversehrt.

Es gab zum Glück keine Gardinen mehr an den Fenstern, die das Inferno hätten gebären können.

Ich atmete auf.

Öffnete ein Fenster, um den Rauch abziehen zu lassen. Das Wasser stand im Topf und ich wartete, bis es sich abgekühlt hatte. Das Wachs bot eine unansehnliche Masse. Voller Blasen und Risse.

Die verkohlten Streichhölzer ragten tot hervor.

Ich goss das Wasser nach einer Weile ab, zog die verkohlten Hölzer heraus, um Beweise zu vernichten, knetete das Wachs ein bisschen zurecht und stellte den Topf zurück ins Spülfach.

Nach Dortmund

Wir sollten erneut umziehen. »Umziehen?«, fragte ich. »Wohin? Weg aus Kleinenbach?« »Ja«, sagte meine Mutter, »wir ziehen nach Dortmund um.«

Ich verlor den Halt völlig. Im Alter von zwölf Jahren.

»Und was wird aus meinen Freunden – und dem Gymnasium?«, fragte ich. »Du findest dort neue Freunde – und eine andere Schule«, antwortete sie.

Doch das glaubte ich ihr nicht. Ich wollte nicht umziehen und fragte sie immer wieder, ob wir nicht bleiben könnten.

»Nein«, sagte sie. »Eure Berufschancen sind in der Stadt besser.«

Ich beschloss, meinen Freunden, die ich zurücklassen würde, zu schreiben.

Zu Hause packten wir Bücher und andere Gegenstände in Kartons. Ohne meinen Vater. Er lag immer noch im Krankenhaus. Er sollte später nachkommen. Wenn alles fertig war. Tapezieren, Streichen, Teppichlegen. Meine Mutter meinte, dass das besser für ihn sei. Er könne die Aufregung nicht vertragen, er sei noch sehr krank.

Von Herrn Diel verabschiedete ich mich im Gymnasium. »Du wirst sicher eine andere gute Schule finden«, sagte er.

Aus unserer neuen Stadt kam ein großer Möbelwagen. Vier Möbelpacker stiegen aus. Das war zu wenig. Wir mussten mithelfen, damit es schnell genug ging.

In Dortmund schlug mir meine Mutter die linke Autotür des *Kadett* vor den Kopf. Ich wollte aussteigen, nachdem wir ankamen. Sie war schon ausgestiegen und dachte, ich würde auf der rechten Seite aussteigen.

In der Wohnung lief Tante Gertrud umher und begutachtete die Zimmer im ersten Stock. Sie war in Begleitung einer alten Frau – der Vermieterin. Der Vormieter hatte aus Wut einige Tage zuvor seinen neuwertigen Kohleofen aus dem ersten Stock geworfen. Nur weil er ihn für sein neues Haus nicht gebrauchen konnte und weder der Vermieter noch wir ihn abkaufen wollten.

Zusammen mit meinem Bruder hatte ich ein eigenes Zimmer. Gleich hinter der Eingangstür links. In der Straße gab es keine schönen Häuser. Ich kam auf ein Gymnasium. Die neuen Mitschüler beäugten mich neugierig. Meine Klassenlehrerin hieß Schreiber. Sie war blond und sehr streng. Wir hatten sie in Deutsch.

Irgendwann fragte sie, was man bei einem Feuer, das in der Schule ausbrechen würde, tun könne. Ich war mir der Antwort sicher. Mutig und schnell hob ich meinen Arm und sagte: »Sofort alle Fensterscheiben einschlagen, damit man Luft kriegt!«

»Falsch!«, sagte sie. »Man muss alle Fenster schließen, damit es keinen Durchzug gibt, der das Feuer noch mehr anfacht.«

So sammelte ich bei ihr die ersten Minuspunkte.

Wochen nach dieser Schulstunde wurde mein Vater aus dem Krankenhaus entlassen. Das Weiße seiner Augen war noch immer gelblich. Er müsse sich weiterhin ausruhen und schonen, hieß es. Bei uns zu Hause. Jetzt schickte er mich nicht mehr zum Bier- und Schnapskaufen.

An einem Freitag im Winter ließ uns Frau Schreiber etwas früher gehen. Mit einer Gruppe von Mitschülern überquerte ich den Schulhof Richtung Straßenbahnhaltestelle. Wir schubsten uns, lachten laut und freuten uns aufs Wochenende. Einer sagte, dass oben noch Kinder auf dem Gang seien. Wir drehten uns um und konnten sehen, wie einige aus unserer Klasse dort im zweiten Stock umherliefen. Sie packten ihre Tornister und zogen sich an.

Ich bückte mich und formte einen Schneeball. Ohne lange zu überlegen, warf ich ihn Richtung Fensterscheibe und traf genau die Scheibe, die direkt gegenüber unserer Klassentür lag. Das hatte ich nicht geplant, war aber andererseits stolz, dass ich mit einem Wurf die Scheibe getroffen hatte. Wir schauten alle dorthin. Kurz darauf erschien Frau Schreiber mit einigen Mitschülern hinter dem Fenster und sah sich erst den Schneeball an, der zu tauen begann und langsam an der Scheibe herunter rutschte. Dann guckte sie uns an. Ich hatte ein seltsames Gefühl und wollte mich verstecken. Wir drehten uns herum und gingen zur Haltestelle. Einige Kinder kamen aufgeregt hinter uns hergelaufen und riefen, wir sollten mal stehen bleiben. Das taten wir. Uwe erzählte uns, dass ich einen Tadel bekommen hätte. Für den Schneeball. Die Schreiber hätte ihn eingetragen.

Er habe es gesehen.

»Was?«, fragte ich. »Einen Tadel? Das glaube ich

nicht. Sie weiß doch gar nicht, dass ich geworfen habe. Außerdem ist die Scheibe nicht kaputt. Das war alles aus Versehen. Ich wollte nicht die Scheibe treffen. Das ist nur zufällig so passiert. Irgendjemand muss mich bei der Schreiber verpfiffen haben. Und die verpasst mir gleich einen Tadel! Bei drei Tadeln gibt's einen Verweis von der Schule. Das ist der erste Tadel in meinem Leben. Was würden meine Eltern dazu sagen? Die kriegen sofort einen Brief!«

Das dürften sie auf keinen Fall erfahren. Fieberhaft überlegte ich, wie ich den Brief abfangen könnte. Den Briefkastenschlüssel hatten meine Eltern an ihrem Schlüsselbund. Der hing, wenn sie zu Hause waren, am Schlüsselbrettchen im Korridor. Mir war unbehaglich. Was sollte ich machen? Sofort einen Tadel. Von der Schreiber.

Ich fing an, diese Frau zu hassen. Ohne vorher mit mir zu sprechen, trug sie einen Tadel ins Klassenbuch ein. Ich wollte es noch immer nicht glauben.

Am Montag darauf teilte Frau Schreiber das der ganzen Klasse mit. Ich wurde sehr traurig und wusste nicht, was ich darauf antworten sollte. Innerlich schrie ich. In Gedanken wehrte ich mich mit Händen und Füßen dagegen. In Gedanken antwortete ich ihr, dass ich das ungerecht finde. Nur wegen eines kleinen Schneeballs, der an die Scheibe geflogen ist, mir gleich einen Tadel zu verpassen. Auch eine Rüge wäre für einen ruhigen Schüler wie mich unangemessen gewesen. Ich malte mir aus, was meine Eltern sagen würden.

Der Tadel stand nicht nur im Klassenbuch, sondern würde auch im Zeugnis stehen.

Weder Frau Schreiber noch ihren Unterricht mochte

ich von nun an. Ich hatte mal ein schwarzes Fahrtenmesser geschenkt bekommen. Das hatte eine scharfe, lange, hell blitzende Klinge. Damit wollte ich mich umbringen. Entweder die Adern durchtrennen oder es mir in Herz oder Bauch rammen.

Wie könnte ich den blauen Brief der Schule so abfangen, dass er meinen Eltern nicht in die Hände fiel? Die Post kam bei uns häufig nach der Mittagszeit. Manchmal erst dann, wenn sich meine Eltern zum Mittagsschlaf hingelegt hatten. Dann könnte ich im Briefkasten nachschauen.

Das tat ich jeden Tag, mit der Hoffnung, dass der Brief nicht am Vormittag eingeworfen werden würde und meine Eltern ihn früher als ich sähen.

Eine Woche nach meinem Tadeleintrag hielt ich den Brief in den Händen. Obwohl er an meinen Vater adressiert war, öffnete ich ihn und verletzte damit das Briefgeheimnis. Zum Glück war es nur ein Informationsbrief, der nicht unterschrieben werden musste. Aber auch das hätte ich noch gemacht: die Unterschrift gefälscht. Trotzdem war mir eines klar: dieser Tadel würde auf jeden Fall im Halbjahreszeugnis stehen, wodurch meine Eltern davon erführen. Aber erst später.
Den Brief warf ich weg.

Am Tag der Zeugnisvergabe war mir flau im Magen. Wie sollte ich meinen Eltern den Tadel erklären? Sollte ich die Wahrheit sagen? Was würden sie antworten?

Der Tadel war tatsächlich eingetragen. Es würde ein schwerer Gang für mich werden. Kurz nachdem ich geklingelt hatte und die Treppe zum ersten Stock hinauf ging, kam mir Marlene aufgeregt entgegen und sagte, dass Vater abermals im Krankenhaus sei. Es ginge ihm wieder schlechter. Wir müssten sofort dorthin. Meine Mutter kam auch und so fuhren wir in die Klinik. Er lag fast regungslos da und atmete schwer. Das Zeugnis war nicht mehr wichtig.

Ministrant bei Onkel Eberhard

Meine Mutter sagte, dass wir zu ihrem Onkel in die Kirche gehen werden, der in der Nachbargemeinde Pfarrer war. Zur Josephskirche, zu deren Gemeinde unser Wohnbezirk gehörte, sollten wir nicht gehen. Das verstand ich nicht. Warum gingen wir nicht in unserer Gemeinde zur Kirche? Meine Mutter sagte, die Kirche sei besser als die Josephskirche. Aber ich glaubte ihr nicht. Und mir grauste davor, bei meinem Onkel beichten zu müssen. Würde er meiner Mutter etwas von meinen Sünden erzählen? Würde sie ihn ausfragen?

Sie trafen sich auch privat.

Onkel Eberhard würde ich auf keinen Fall beichten, dass ich unschamhaft gewesen war. Ob mein Vater bei ihm beichtete, dass er Ehebruch mit Fräulein Grewen beging? Das ist eine Todsünde. Oder hatte mein Vater das schon bei Pfarrer Seedorn gebeichtet? Oder bei Pfarrer Nahberg? Wiegt ein und dieselbe Sünde weniger schwer, wenn man sie häufiger bei mehreren Pfarrern beichtet?

In meinem Geburtsdorf war ich Ministrant gewesen und musste in der Stadt den Dienst fortsetzen. Bei Onkel Eberhard. So wollte es meine Mutter.

Nachbarskinder, mit denen ich mich anfreundete, fragten, ob dieser Onkel ein Bruder meiner Mutter oder meines Vaters sei.

»Weder noch«, sagte ich.

»Dann ist er auch nicht dein richtiger Onkel«, antworteten die Kinder.

»Doch!«, erwiderte ich.

»Nein!«, antworteten sie.

Zu Hause fragte ich meine Mutter, ob Onkel Eberhard ihr oder Vaters Bruder sei. »Er ist mein Vetter«, antwortete sie. »Du kannst ihn aber trotzdem Onkel nennen, weil wir verwandt sind.« Meine Mutter nannte ihn immer nur Eberhard.

Es war eine moderne Kirche, weiß gestrichen, mit einem frei stehenden Glockenturm, der oben abgesägt schien. Mir gefiel diese Flachdachkirche nicht, denn sie sah so aus wie eine Kiste. Unsere Dorfkirche hatte ein schieferbedecktes Satteldach, an allen vier Seiten des integrierten Glockenturms große Uhren. Und auf dessen pyramidenförmiger Spitze thronte ein Wetterhahn.

Als wir noch in Kleinenbach lebten, aber meine Tante Gertrud in Dortmund besuchten, hatte ich Onkel Eberhards Kirche das erste Mal gesehen. Ich war etwa acht Jahre alt und zusammen mit meiner Mutter und Marlene in den Ferien hier.

Ohne meinen alkoholkranken Vater.

Meine beiden anderen Geschwister waren in einem Landschulheim.

Tante Gertrud erzählte uns von der Kirmes, die gerade stattfand.

Eine Kirmes hatten wir noch nie zuvor besucht. Ich kannte Schützenfeste aus meinem Dorf. Mit einer Schießbude, einem Kettenkarussell und Ponyreiten. Aber eine Kirmes in der Stadt?

Tante Gertrud fragte, ob Marlene und ich mit ihrer Tochter Sandra nach dem Mittagessen dorthin gehen wollten. Da gäbe es bestimmt für uns viel Neues zu sehen. »Auja!«, rief ich, »gibt es da auch Autoskooter? Ich möchte Autoskooter fahren!« »Aber natürlich gibt es da auch Autoskooter!«, antwortete Tante Gertrud.

Wir waren begeistert.

Sie schlug vor, dass wir zu Fuß hingehen, weil wir ausgeruht und vom Essen gestärkt waren. Außerdem würden wir Geld für eine Straßenbahnfahrt sparen.

Zurück sollten wir dann mit der Bahn fahren, denn das Laufen und der Kirmesbesuch würden uns bestimmt müde machen.

Der Vorschlag überzeugte Marlene und mich. Cousine Sandra bekam von ihrer Tante unser aller Kirmesgeld und zusätzlich Fahrgeld für die Rückfahrt. Unsere Tante verbot uns, das Fahrgeld auf der Kirmes auszugeben und Sandra würde uns zeigen, mit welcher Straßenbahn wir fahren sollten.

Wir verließen das Mietshaus meiner Tante und folgten der breiten Straße, über die eine Straßenbahn fuhr. Die gab es in meinem Dorf nicht. Sie war ockerfarben. Eine hässliche Ockerfarbe als Untergrund und darauf *Jägermeister*-Werbung. Ellenlang kam mir die Straße vor und mir taten bald die Füße weh. Außerdem war es heiß. Die Sonne schien sehr stark. Wir schwitzten.

Marlene und ich waren voller Erwartung auf den Jahrmarkt – was uns weitertrieb.

Allerdings wurde uns durch das lange Laufen zusehends der Spaß verdorben. Sandra sagte häufig, wir sollten nur durchhalten, denn bald wären wir da.

Der Weg führte uns an der weißen Kirche vorbei und
Sandra sagte: »Hier ist Onkel Eberhard Pfarrer.« Rechts
und links der Straße waren Bäume, so dass wir wenigstens ein bisschen Schatten hatten. Mittlerweile konnten
wir Musik, Sirenen und Klingeln hören. Wir freuten uns,
denn wir kamen dem Kirmesplatz näher. Es war ein rie-
siger Platz aus roter Asche. Duft von gebrannten Man-
deln und Zuckerwatte stieg uns in die Nasen. Autoskooter, Losbuden, Labostella, eine Achterbahn, ein Kettenkarussell, Schießbuden, Wurfbuden, eine Geisterbahn,
ein Riesenrad, Ponys, Schiffschaukeln ...

Wo sollten wir hingehen?

»Für jeden von euch habe ich fünf Mark. Wenn die
ausgegeben sind, müssen wir nach Hause«, sagte Sandra.
»Und wir müssen zusammen bleiben, damit ihr euch
nicht verlauft.«

Bei der Raupe blieb ich zuerst stehen. Ihre Wagen fuhren auf Holzbohlen im Kreis, Berg und Tal. Wenn die
Sirene ertönte, schob sich ein langes Verdeck über die
Vehikel und die Insassen waren verschwunden. Unverhofft öffnete sich die Plane wieder und mancher Junge
zog schnell seinen Arm weg, den er auf der Schulter
seiner Begleiterin hatte.

Wir warfen mit Bällen und fuhren mit dem Riesenrad,
aber die Geisterbahn machte mir Angst. Meine Mutter
hatte erzählt, dass dort Fäden herunter hingen, die man
nicht sähe, weil es dunkel sei und die einem durchs Gesicht streiften. Dann gäbe es monsterartige Figuren und
Skelette, die aufflackern, wackeln und hämisch lachen.
Beim Schützenfest gab es keine Geisterbahn.

Ein Schausteller mit einem hüfthohen Holzkasten zog
mich in seinen Bann: in den oberen Rahmen eingelassen

war eine Glasscheibe, die farbige Skatmotive trug. Die einzelnen Kartenfelder leuchteten unregelmäßig auf, wenn der Mann einen Knopf drückte. Nach einer Weile blieb das Licht unter einer Karte stehen. Derjenige, der darauf gesetzt hatte, war der Gewinner. Wollte man mitspielen, musste man Geld auf ein oder mehrere Felder legen. Ich setzte dreißig Pfennig auf Piksieben und wartete gespannt ab, was passieren würde. Das Licht blieb bei Herzdame stehen.

Aufgeregt kaufte ich an der Kasse Chips und bestieg mit Cousine Sandra einen Autoskooter. Sie setzte sich sofort ans Steuer, denn sie war mit vierzehn Jahren die Älteste. Natürlich wünschte ich mir zu lenken, aber sie sagte, dass ich das später mal probieren könne. Sie wolle zuerst fahren und ich solle zusehen. Marlene stand am Rand. Eine Sirene ertönte, schon leuchteten die Lichter an den Skootern auf und wir brausten los. Das Stahlfeld war größer als das, was ich von Kleinenbach her kannte. Es fuhren auch mehr Autos.

Sandra steuerte den Wagen vorsichtig an der Bande entlang und vermied es, mit anderen zusammenzustoßen. Ich konnte es kaum erwarten, den Wagen zu lenken. Nach Sandras zweiter Fahrt tauschten wir die Plätze. Sie musste den Chip einwerfen, damit ich – mit beiden Händen am Lenker – sofort losfahren konnte. Mit dem Hintern rutschte ich bis zur Sitzbankkante, um mit dem Fuß ans Gaspedal zu kommen. Jetzt erinnerte ich mich an die Monteure auf dem Schützenfest. Es hupte. Langsam trat ich das Pedal herunter und spürte die Kraft des Motors. Schon musste ich einem entgegenkommenden Auto ausweichen, sonst wären wir zusammengestoßen. Wir fuhren linksherum. So wie die meisten. Rückwärts zu fahren, traute ich mich nicht. Dafür war es hier zu unruhig. Aber es machte mir trotzdem Spaß. Nach der Fahrt tauschten Sandra und Marlene, so dass sie auch mal im Skooter saß. Als der Strom erneut abgeschaltet wurde, waren alle Chips verbraucht und Sandra wollte mit uns weitergehen.

Stierhörner, Imbissstände, Liebesthermometer.

Zwei muskulöse Männer standen vor einem Gerät mit großem Zifferblatt, das Wörter trug, und lachten laut. Die Anzeige sprang in die Senkrechte, als der im roten T-Shirt eine Münze einwarf. Dann holte er aus und schlug mit seiner rechten Faust schwungvoll auf das dicke Lederpolster ein. Der Zeiger blieb bei *Muttersöhnchen* stehen. Jetzt lachte nur noch der, der nicht gespielt hatte. Wer mehr Kraft hatte, konnte *Astronaut*, *Boxer*, *Held*, *Angeber* oder *Guter Liebhaber* werden.

Vom Restgeld kaufte ich zwei Wundertüten, eine Wasserpistole mit drehbarer Mündung und Lakritz. Dann wurde es Zeit, aufzubrechen. Sandra meinte, wir könnten auch zu Fuß zurückgehen. Denn erstens wäre es nicht weit, da wir den Weg jetzt kannten und zweitens würden wir dadurch Geld sparen. Sandra war ein Jahr älter als Marlene und damit die Älteste. Sie wohnte in dieser Stadt, kannte sich aus und hatte die Aufsicht über uns. Würden Marlene und ich uns widersetzen, würde sie bestimmt später bei meiner Tante petzen und sagen, dass wir zimperlich und ungezogen gewesen seien.

Marlene und ich wagten es nicht, Sandra zu widersprechen. Kurz dachte ich noch, dass Sandra recht habe – der Weg sei wirklich nicht weit –, aber als wir einige Meter gelaufen waren, bereute ich den Gedanken. Wir nörgelten. Sandra sagte nur, dass wir gleich da seien. So latschten wir diesen ellenlangen Weg zurück und passierten erneut die weiße Kirche.

Erschöpft trafen wir bei meiner Tante ein. Der Genuss und Spaß von der Kirmes war uns vergangen. »War's denn nicht schön?«, fragte meine Tante begeistert.

Aus reiner Höflichkeit antworteten meine Schwester und ich Ja.

Onkel Eberhard war ein kleinwüchsiger Mann um die fünfzig, mit herunter gezogenen Mundwinkeln und einem schleichenden Gang. Diesen Gang, den ein Pfarrer hat, der voller Demut vor Gott, während des Orgelspielens zu Beginn der Messe, die Sakristei verläßt. In der Hand den Kelch mit dem quadratischen Pappdeckel. Darüber das Leinentuch mit dem rotgestickten Kreuz darauf. Dieser Pfarrer schaute jedes Mal beim Raus- und Reingehen auf den verdeckten Kelch. Mich wunderte deshalb, dass er keine Messdiener zum Stolpern brachte, denn er sah ihre Füße nicht.

Der Ministrantenunterricht fand donnerstagnachmittags in einem Nebenraum des Gemeindebüros statt. Dort saßen bei meinem ersten Besuch fünfzehn Messdiener. Es gab aber mehr in der Gemeinde.

Unter ihnen waren Schüler aus meiner Klasse, die ich hier wiedertraf. Onkel Eberhard fragte, warum heute so wenig Messdiener gekommen seien. Zunächst wollte niemand antworten. Doch auf die wiederholte Frage sagte Dieter dann, dass die Serie *Fantomas* im Fernsehen liefe. Das sei spannender und das wollten seine Freunde nicht verpassen.

Onkel Eberhard zog seine Stirn in Falten und erwiderte enttäuscht: »Offenbar ist manchen das Fernsehen wichtiger als Gott.«

Mich überraschte, dass gerade Horst, Klaus, Albert, Frank und Georg diesem wichtigen Unterricht fernblieben, nur weil eine Serie im Fernsehen lief. Meine Mitschüler hatte ich für frommer gehalten und selbst nie den Mut gehabt, am Donnerstagnachmittag nicht zu erscheinen.

Das kannte ich vom Dorf nicht. Da waren alle Messdiener anwesend. Es sei denn, jemand war krank. Wie mein Bruder.

Zuerst legte Onkel Eberhard den Wochenplan fest. Wer würde wann dienen? Es gab Morgenmessen, die mochten die wenigsten, weil man da früh aufstehen musste. Abendmessen, Sonntags- und Feiertagsmessen. Dann Andachten, Totenmessen und Hochzeiten. Ältere Messdiener durften sich manchmal Termine aussuchen. Es gab auch Freiwillige, die sich mehrmals meldeten, weil ihnen das Dienen Spaß machte.
Sie nannten ihre Wunschmesse und wurden eingetragen.

Ich war neu in der Gemeinde und musste zunächst die Kirche, den Onkel als Pfarrer und den städtischen Ministrantendienst kennen lernen. Folglich wurde ich Erfahrenen zugeteilt.

Nachdem der Plan besprochen war, holte mein Onkel ein Buch aus seiner Aktentasche und las daraus vor. Genauso streng, wie er die Predigt hielt. Trocken, ohne auffällige Regung. In dem Buch kam das Wort Filou vor. Irgendein Junge war ein Filou. Onkel Eberhard fragte uns, ob jemand das Wort kenne. Niemand konnte es erklären. So tat er es. Als Unruhe aufkam, reichte er das Buch herum. Derjenige, der lesen wollte, sollte lesen.

Hoffentlich würde ich nicht drankommen, dachte ich. Ich hasste das öffentliche Lesen. Als der Unterricht vorüber war, traf mich ein heller Sommersonnenstrahl. Mit dem Fahrrad fuhr ich nach Hause.

Manchmal besuchte ich Freunde aus meiner Klasse mit dem Rad. Einige spielten Fußball. Manche waren in einem Schwimmverein. Andere gingen zum Klavierunterricht oder lernten Blockflöte spielen.

Mein Vater, der aus dem Krankenhaus entlassen worden war, saß an manchen Nachmittagen mit mir zusammen und spielte mir auf dem Klavier etwas vor, was ich dann üben sollte. Streng nach Noten: *Summ, Summ, Summ, Bienchen, summ herum.*

Aber die Stunden bei ihm machten mir keinen Spaß, denn meine Eltern wollten aus mir einen berühmten Pianisten machen und übten starken Druck aus. Ihr Prestigedenken machte mir Angst und so gab ich bald auf.

Meistens jedoch lag mein Vater auf der Couch, wenn ich aus der Schule kam. Und ruhte sich aus. Er las in der Tageszeitung, im *Spiegel* oder hörte Musik mit einem Mittelwellenradio. Mein Vater und seine kleinen batteriebetriebenen Mittelwellenradios. Auf dem Klo, im Wald oder kurz vorm Schlafengehen: Radio, Radio, Radio.

Nachdem es ihm gesundheitlich besser ging, überlegte meine Mutter, ob er in Onkel Eberhards Kirche Orgel spielen wolle. Sie könne das Gespräch dazu anbahnen. »Das wäre doch schön, wenn er dort spielen würde«, sagte sie zu uns. Es gäbe gegenwärtig keinen guten Organisten. Und er solle es langsam wieder versuchen. Zudem hätte er wieder eine Aufgabe.

Irgendwann hörte man meinen Vater in dieser Kirche

Orgel spielen. Anfangs nur an Sonntagen. Hier stand aber keine Pfeifenorgel, wie in unserer alten Dorfkirche, sondern eine elektronische Orgel, deren Klang man von der einer klassischen Orgel stark unterscheiden konnte. Mein Vater sagte damals, dass er darauf nicht spielen wolle, da sie elektronisch funktioniere. Aber meine Mutter erwiderte, dass in der Kirche für eine Pfeifenorgel gesammelt werden würde. Das dauere einige Jahre, aber die Gemeinde wünsche sich eine Pfeifenorgel.

Orgelspieler haben es gut. Sie können mit ihrem Spiel das Kirchengeschehen beeinflussen und brauchen nicht unten zu sitzen. Sie sitzen auf einer Anhöhe. Ja, sie sitzen immer über den Köpfen der Gläubigen und dem des Pfarrers und der Messdiener. Sie bilden zum Pfarrer ein autoritäres Gegengewicht.

Nicht nur von ihrer Spielkunst her.

Auch durch die räumliche Aufteilung: der Pfarrer ist immer gut sichtbar, am hell beleuchteten Altar in seiner Kirchenuniform. Die Messdiener und Gläubigen schauen auf ihn und wollen durch die Liturgie geführt werden. Er strahlt auf Knopfdruck eine mächtige, klerikale Kraft aus und ist sich während der Aufführung seiner Rolle sicher. Der Organist hingegen ist in zivil und hat aufgrund dieses Aussehens nicht die Kompetenz wie ein Priester.

Mein Vater schlich sich kurz vor der Veranstaltung, nach Absprache mit dem Pfarrer, aus der Sakristei. Vorbei am hüstelnden und murmelnd betenden Publikum. In gedemütigter Haltung ging er zur Orgelempore. Man nahm ihn kaum wahr. Er hätte ebenso einer der Zuschauer sein können. Erst wenn mit dem Projektor die Liednummer an die Wand geworfen wurde und die Musik erklang, wussten alle, dass er da war.

Allerdings konnte er mächtig in die Tasten hauen und mit einer entsprechenden Registrierung der Orgel dem Kleriker zeigen, wo die Noten hängen.

Ich glaube, dass mein Vater Onkel Eberhard oft damit andeuten wollte, was er von ihm hielt. Denn beide stritten nicht nur in der Sakristei miteinander, sondern auch privat.

Die Frage ist, ob unmusikalische Menschen, wie dieser Pfarrer, solche Orgelsignale verstehen. Oder wollte er sie nicht verstehen?

Manches Mal nahm ich als Messdiener am Gottesdienst teil. Auch ich musste ein Gewand tragen. In einem Teil der Sakristei befand sich der separate Umkleideraum für Ministranten. Ein Zimmer mit einem deckenhohen Schrank, in dem sämtliche Uniformen hingen. Bei normalen Messen zog man sich schnell das schwarzweiße Messdienergewand an und wartete, bis der Pfarrer mit dem Umkleiden fertig war und aus der Sakristei kam. Schnell formierte sich die Gruppe und öffnete die Tür zum Kirchenraum. Die Hände wurden gefaltet und mit schleichendem Gang verließen wir den Raum.

Die kleine Signalglocke wurde betätigt.

Ab diesem Moment wussten Gläubige und Organist, dass sich der geistliche Zug in Bewegung setzte.

Nach drei Treppenstufen ging es rechts herum. Vorbei an den ersten Bankreihen. Mütter, die ihre Söhne zum Messdiener machen ließen, waren in diesem Moment bestimmt stolz auf sie. Ich fühlte mich im Messdienergewand unwohl, denn mein Gefühl sagte, dass meine Mutter aus reinen Prestigegründen einen Messdienersohn wollte.

Ständig fühlte ich mich beobachtet – wie im Schulunterricht – und war froh, keine Sonderaufgaben, wie etwa das Vorlesen aus der Heiligen Schrift, übernehmen zu müssen. So machte ich meinen Dienst. Kniete vorm Altar. Nahm mal die Handglocke und bimmelte.

Den Weihrauchschwenker durfte ich nicht bedienen. Auch jetzt nicht, im Alter von fünfzehn Jahren.

Das durften nur ältere Messdiener, wegen der Glut in dem Gefäß. Allerdings hatte ich einmal die Chance, Weihrauchgranulat während der Messe nachzufüllen, weil ein Messdiener kurzfristig erkrankt war, der das hätte eigentlich machen müssen.

Dem Pfarrer brachte man Kelch, Brot, Wasser und Wein. Hielt ihm das Tuch zum Trocknen der Finger hin. Manchmal dachte ich, dass das überflüssig sei. Denn er hatte oft keine nassen Hände. Trotzdem trocknete er sie sich ab.

Die Predigt wurde gehalten, während drei weitere Ministranten und ich auf der rechten Seite des Altarchors saßen. Ich verstand nicht viel von dem, was Onkel Eberhard von der Kanzel sprach. Mir war schummerig. Doch ich musste aufmerksam sein, denn das Publikum guckte immer Richtung Altarchor und registrierte dort jede Bewegung – auch wenn die Aufmerksamkeit hauptsächlich auf Onkel Eberhard gerichtet war.

Überraschend löste sich bei mir ein Pups, der unüberhörbar war. Ich guckte stur geradeaus, spürte aber gleichzeitig, dass mein Gesicht sehr heiß wurde. Trotzdem blickte ich weiter nach vorne, lauschte der Predigt und versuchte, da die Stühle nicht nachgaben, mit dem Aneinanderreiben meiner Lederschuhe im Nachhinein ein ähnliches Geräusch wie das Pupsgeräusch zu machen, um meine Messdienerkollegen davon zu überzeugen, dass der Furz nicht von innen kam.

Doch die waren nicht dumm und bemerkten mein Ablenkungsmanöver, weil sie zu mir herüberschauten. Die Hitze wich langsam aus meinem Gesicht.

Es war mir peinlich.

Ob mein Onkel etwas gehört hatte?

Und die Gläubigen?

War das eine Sünde? Hätte es Onkel Eberhard überhaupt in der Kanzel hören können?

Oder hat er es gehört, sich aber nichts anmerken lassen?

Natürlich würden mich meine Kameraden feixend in der Sakristei ansprechen. Und Onkel Eberhard eventuell auch! So musste ich mir bis dahin eine plausible Erklärung überlegen.

Lügen oder die Wahrheit sagen?